GOBOOKS
& SITAK
GROUP©

GOBOOKS
& SITAK
GROUP©

三日月書版

三日月書版

輕世 FW
Residence of Monsters
妖怪公館の新房客
4 打工game start
三日月書版

妖怪公館の新房客

《人物設定》

封平瀾

人類，曦舫國際學園高一新生。
極度樂觀，少根筋，經常搞不清楚狀況。
必須打工賺取學費生活費，使得個性上也有窮酸摳門的一面。
身兼多職導致易疲累，因此非常討厭休息時被打擾，有嚴重的起床氣。
有著手賤的毛病，熱愛肢體接觸。

百嘹

妖魔（魔蜂）。
長相俊美，心機深沉，總是帶著玩世不恭的笑容，因此極受女性歡迎。
輕佻的說話方式，讓人無法分辨其話語中是謊言還是真心。重度嗜吃甜食。
偽裝身分：學生

奎薩爾

妖魔（羽翼蛇），公館內眾妖之首。
孤高冷厲，長相英俊但萬年臭臉。對自己在妖魔界的主子雪勘皇子非常忠心。
討厭人類，但在封平瀾身上看見和自己主子相似之處，
所以不自覺對封平瀾產生微妙的好感，然後又因此感到生氣懊惱。
偽裝身分：校醫

墨里斯

妖魔（黑豹）。
火暴衝動，豪邁不羈。
個性好惡分明，喜怒形於色的硬漢。
喜歡鍛練身體，動作粗暴，常會弄壞東西。
私底下非常喜歡小動物。

希茉

妖魔（妖鳥）。
個性內向畏縮，瀏海蓋過半張臉，害怕與異性接觸。
私底下非常喜歡看重口味的少女漫畫和言情小說。

冬犽

妖魔（雪貂）。
溫柔木訥的好男人，被觸及地雷會變得非常恐怖。
喜歡做家事，有點潔癖，料理苦手。
缺點是愛亂花錢，對於家電和清潔用品毫無招架之力。
偽裝身分：學生

璁瓏

妖魔（龍）。
神經質小心眼又愛記恨的傲嬌一枚，
記憶非常好，腦中有人界和妖界的所有知識。
有搜集汽車火車模形的嗜好，但不管坐任何陸上交通工具都會暈車。
偽裝身分：學生

曇華

妖魔（花妖）。
個性謙卑拘謹，溫柔和善。
封印被海棠解開，從此忠心侍奉海棠。

海棠

人類，曦舫國際學園高一新生。
高傲的小少爺。
個性火爆易怒，好挑釁爭鬥，有時又容易鑽牛角尖、陷入彆扭之中。

妖怪公館の新房客

目錄

Chapter1

料理最重要的就是愛心。因爲有愛心的人通常都不會告訴你做得很難吃

夜闌人靜，位於山區的獨棟洋房靜謐無聲。所有人都睡了，除了一抹雪白的身影，踏著輕盈的腳步，收拾清理著住屋。

凌晨兩點。他自天臺走下，手上拎著空了的曬衣籃。每天都有一堆衣服要洗，但他不在意，因為他喜歡做這些事。

來到折衣間，他將籃子放下，抽起一件衣服攤放在熨燙板上。拿起熨斗的瞬間，他停頓了。

熨斗下壓了幾張紙，那是他回家時從信箱裡拿出的，他把它們壓在熨斗下，潛意識中默默地希望電路突然出什麼問題，導致熨斗自行啟動把那堆紙燙成灰燼。

他拿起紙張匆匆地瞥了一眼，上頭的內容和前幾封信差不多，制式化的官樣文句依然是那麼客氣，但字裡行間充滿了濃濃的惡意。

……不妙……

他微微蹙眉，把紙折好，塞到除塵紙補充包底下。隨即逃避現實般地認真熨燙衣物。雖然他知道那些紙張只是問題之一，等一下他還有更險峻的處境要面對。

熨完折完衣物後，他轉身步向廚房，每一步都沉重得有如死囚將赴刑場。

他望著廚房的置物架，糖罐和餅乾還處於八分滿的狀態，看似充足。打開冰箱，家庭號桶裝牛奶孤傲地矗立其中，只剩半罐——他明明記得回家時還有兩罐的。吐司只剩下四片，旁邊放著半瓶啤酒。

他轉頭，角落的回收箱裡高高低低插滿空酒瓶，小小的回收箱變得有如劍山。

總是掛著和煦淺笑的容顏，出現了愁容。

真的，不妙……

深深地吸了口氣，壓下心中的焦躁。他告訴自己，他得冷靜。想辦法讓自己冷靜。

打開冷凍櫃，拿出一盒進口香草冰淇淋——他強迫自己忽視這是最後一盒的事實。走向放餐具的櫥櫃，拉開抽屜，晶亮耀眼的小湯匙整齊躺放其中，他憐愛地伸手摸了摸，拿出其中一根，用湯匙尾端撬開盒蓋，然後用精緻的小匙挖了一勺冰淇淋，放入嘴中。

眉頭稍稍舒緩，嘴角再度浮現了笑容。

捧著冰淇淋，他走到儲藏室，來到金屬製的銀色小櫃前。深吸一口氣，蹲下身，視線與櫃子齊平，俊秀的容顏帶著焦慮與不安。他咬咬牙，壯士斷腕般地伸手握住冰冷的門把，開啟。

矮櫃裡有三個隔層，原本幾乎是塞滿的，如今只剩正中央那一層，存放著一小疊薄薄的物體，透入屋中的月光將它拉出長方形的黑影，影子比實體還要巨大。

他差點一個不穩，雙膝跪地。

啊……真的、真的……不妙……

挖了勺冰淇淋放入嘴中，不夠，接連又挖了好幾口，冰淇淋以驚人的速度銳減至半盒，挖取的動作才停止。

他微笑著緩緩起身，然後默默把櫃子闔上，掩耳盜鈴地粉飾太平。

算了，明天再說吧。

早晨，一如以往地平靜。封平瀾在鬧鐘響後賴了兩分鐘的床，接著盥洗更衣。開學已一個月，發生了許多事，雖然一開始有些措手不及，但所有風波都已解決。無論是影校的生活還是社團的運作，都越來越上軌道，三皇子的追兵也被誘導轉移目標，離開他們所在的城鎮。不管是和同學還是和契妖，關係互動也越來越好。

這種既有趣又祥和的生活，真的是太棒了！

「早安！」封平瀾開心地走下樓，他是第一個到餐桌旁的。

「早。」冬犽漾著溫柔的笑容回應。

一切都是這麼自然，一如往常。

直到封平瀾將手伸向面前的餐盤，察覺到有些東西不對勁。面前的餐盤裡是冬犽準備的吐司，他向來對這一成不變的早餐沒有意見，但是——

封平瀾用兩根指頭將吐司捏拾而起，移到眼前。

「哇！」他忍不住驚呼。

眼前的吐司乍看和平常一樣，但厚度竟然只有一般吐司的七分之一，簡直到了吹彈可破的境界！他都可以透過它看到後面的影子了！

「這、這是吐司嗎？」這是怎麼切的？是新科技製造的奈米吐司嗎？

「這當然是吐司囉。」

「看起來好像潤餅皮，真厲害！」封平瀾讚賞地端詳一番，咬了一大口，細細品嘗。

嗯，吃起來就和一般吐司沒兩樣呢。

「冬犽，今天是什麼特別的日子嗎？」封平瀾好奇地發問。

「不是，為什麼這樣問？」

「喔，因為早餐突然有變化，是不是有特別的原因呢？」

「沒有呀。」冬犽微笑看著封平瀾，「什麼都沒有變，你的早餐和平常一樣，是同樣的吐司，沒有任何改變，什麼事也沒發生喔。」

「可是——」

「所有的事都照常運作，沒有改變。」冬犽笑著重述。

封平瀾看了冬犽一眼，對方就像平常一樣，但他總覺得，那溫柔的笑容，今天看起來似乎有一點點僵硬。

是錯覺嗎？

封平瀾把那塊吐司折了折，塞入嘴中，兩三下就吃光了。同一時間，璁瓏一行人陸續下樓。

每個人各自坐入自己的位置。奎薩爾通常逕自前往校園，不會在早餐時間出現。而海棠總是要拖到要出門前才下樓，將早餐時間用來賴床。

璁瓏低頭玩著新買的平板電腦，三不五時關注他的水族箱和寵物社區。不曉得為何，目睹到魚兒拉寶石的那一刻，或是院子種的植物開花結果的瞬間，總是讓他特別興奮。

希茉捧著手機，目不轉睛地看著影片。她的表情非常認真，整個人投入愛恨糾結狗血泛濫的劇情中，偶爾會抿著嘴，吃吃地發出曖昧的竊笑。

墨里斯則是撐著頭，心不在焉地盯著窗外，彷彿等著什麼出現似的。

百嘹握著手機，快速地輸入著訊息，與遠端不知道是在哪裡認識的美女線上調情。

妖魔們使用的物品都很不錯，只要看見感興趣的東西，便毫不猶豫地掏錢買下。前任住戶的妖魔留下不少值錢的東西，讓這些接手進駐的妖魔們生活過得很滋潤。

冬犽把四人的食物一一端上。只有百嘹抬起頭，說了聲謝，然後繼續看向手機。另外三人的目光關注著各自喜愛的事物，然後伸手拿起早餐，放入嘴中。

「噗噁！」

幾乎是同一時間，三個人發出嗆咳的聲音，目光終於移向面前食物。

「這牛奶怎麼這麼稀？」璁瓏首先發難，他盯著杯中的乳白色液體，「而且味道怪怪的，還有粉粉的懸浮物！」

面對璁瓏的質問，冬犽一臉雲淡風輕，偏頭淺笑，「我不曉得為什麼會這樣呢，或許你該詢問產乳的那頭牛。」

璁瓏的牛乳被稀釋了十倍，他加了些東西，讓外觀維持著濃醇的乳白。

封平瀾突然想起，早上洗臉時他發現牙膏少了一大半。但他沒開口問，這似乎不是問問題的好時機，他也不敢猜測消失的牙膏跑去哪了。

「這是什麼東西？」墨里斯拿著那被啃了一口的方形餅乾，質疑。

封平瀾發現，餅乾的大小和厚度雖然與平時墨里斯吃的蘇打餅乾差不多，但顏色變深了許多。

「當然是餅乾囉，墨里斯。」冬犽依舊漾著春風般的笑容，「而且是你自己買的餅乾，我以為你很愛吃呢。」

「我買的餅乾？」墨里斯先是困惑，下一秒露出了恍然大悟的震驚表情。「你——可是——這個——」

「原本的餅乾是顆粒狀，食用不便，所以我特地把它搗碎加水重新捏成四方形。」冬狛笑呵呵，「這樣就和你平常吃的餅乾一樣了呢。」

「那些顆粒是要給貓吃的飼料啊！」墨里斯大聲地說著。

「噢，這樣呀。」冬狛點頭，悠悠輕語，「但是，你扔在圍牆上的那些飼料，至今只有烏鴉來吃，沒有貓來過，丟在那裡也是浪費，不是嗎？」

「什麼?!」墨里斯看起來相當震驚。

原來墨里斯一直往窗外看，是在期待有貓出現呀……

封平瀾不曉得墨里斯是因為吃到貓飼料而震驚，還是因為幻想破滅而震驚。

那餅乾該不會是用烏鴉吃剩的貓飼料做的吧？

「這個……」希茉怯憐憐地舉手，指了指杯子，「這個是什麼？」璁瓏和墨里斯的食物雖然有問題，但好歹也有牛奶和餅乾的成分在內。

她的杯子之中，放的是清水和一把生米。

「是妳最愛喝的那種酒呀。」

「什麼？」

冬狛笑著回應，「製造酒的原料是米和水，材料都有了，只是少了時間發酵而已，我想喝起來應該一樣吧。」

希茉似乎想反駁，又不知如何開口，看著杯子欲哭無淚。

百嘹看著中招的三人，接著瞥向自己面前的馬克杯。平常杯裡裝的是濃度極高的糖水，但有了前車之鑑，他絕不會蠢到當第四個傻子。

他揚起笑容，在手機裡鍵入：一起用早餐吧？

下一秒，立即收到回應：十分鐘後到。

百嘹撐著頭望向冬犽，笑問，「你開始對做料理感興趣了？」看似寒暄般的輕鬆問句，決定著他未來的生活型態。如果答案是肯定，那他可能會有好一陣子早出晚歸，直到冬犽對料理不再感興趣為止。

冬犽的料理色香味俱毒，不是不吃就能了事的。

「我不知道。」冬犽微笑著回應，「如果有必要的話吧。」

百嘹挑眉，這答案讓他有點摸不著頭緒。

「不要嘗試自己不擅長的東西啦……」璁瓏低聲抱怨，把那杯乳白色液體推得遠遠的。

「和平常一樣就好了，真的。」墨里斯幫腔，儼然也把今早的小插曲當成愛做家務的冬犽突發奇想之下的產物。

希茉用力點頭附和。

冬犽微笑，「我會盡力維持原樣的。」

封平瀾看著冬犽。

冬犽的態度和行為和平常一模一樣，但感覺就是有些不對勁……真的只是突然想嘗試做料理嗎？

眾人紛紛起身，準備出門。走到玄關時海棠剛好下樓，臉色很差、一臉起床氣未消的樣子。曇華跟在身後幫他梳頭，然後把書包掛到海棠肩上。

「海棠需要早餐嗎？」冬犽詢問。

「不用，我自己會買。」海棠沉著臉回答。

冬犽露出滿意的微笑。

「晚點見囉。」百嘹靠在牆邊，對著眾人揮手送別。

「你不走？」

「我第一、二節要請假。」

「為什麼？」

「我身體不太舒服，想休息一會兒。」他故意輕咳兩聲，「已經傳簡訊和殷肅霜報備過，他同意囉。」

扮演學生雖然麻煩，但只要搞懂學校的遊戲規則，還是可以過得很愜意。蹺課，不行；請假，可以。

離開住處，海棠下山後直接招計程車前往學校。封平瀾和契妖們依舊搭乘公車。早晨的小插曲已然被淡忘。

但封平瀾總覺得，冬犽的笑容好像多了點平常所沒有的無奈。

下車前，他很明顯地聽到，扣款聲響起時，冬犽微微發出輕嘆。

「生物作業寫了嗎？」白理睿一手拿著桃子，一手拄著掃把，斜倚在黑板旁，詢問著正在清理粉筆灰的封平瀾。

「噢，寫了啊，在書包自己拿。」

「謝了。」白理睿咬了口桃子，轉身走向座位區。

「我也要！借我國文作業！」在一旁整理講桌櫃的伊凡聞言，湊過頭開口。

「喔，好啊。」封平瀾看了伊凡一眼，「我以為你中文不錯的說。」伊凡和伊格爾的中文都說得不錯，口音不會太重，可以和所有人流暢地溝通。

「溝通可以用魔法補強，但寫考卷就沒辦法啦。」

「這種事也可以用魔法?!」難怪每個外籍生的華文都說得這麼溜，原來是開外掛。

「你自己不是也有契妖，怎麼不知道？」伊凡看起來有點訝異。

「噢，呃……因為沒有機會和外國人溝通，所以沒試過啦，哈哈。」封平瀾笑了笑，含糊帶過。

他不懂任何異術、不會操控妖力的事，目前只有蘇麗綰知道。但是連她也不知道封平瀾根本不是召喚師，還以為他是資質不足。

他不是很喜歡瞞著他人的感覺，而且對象還是自己的朋友。

封平瀾將粉筆灰掃到塑膠袋裡。

他現在的生活就像是寫在黑板上的字、畫在黑板上的畫，再高深的知識、再華美的線條，最終都會變成粉塵，什麼也不剩。

謊言最終都會被拆穿，在那之前，就讓他放縱自己，享受這他嚮往已久、隨時都可能結束的美好時光吧。

第二節下課時，百嘹姍姍來遲，在鐘響前踏入教室。

第三、四堂是家政課，地點在烹飪教室。

「失策，早知道我應該請假到中午再來的，呵呵呵。」百嘹輕笑。

「為什麼會有烹飪……」璁瓏不滿低語，「如果要煮東西的話，一開始就該把名字定為烹飪課。」

「家政課不只煮飯啦，還會做很多東西。」封平瀾解釋，「況且冬犽好像很開心呢。」

冬犽的心思被烹飪教室裡的擺設給吸引，一下打開流理檯下的櫃子，一下走到食材預備區打轉，眼裡閃閃發光，像是發現寶藏一樣。

墨里斯、璁瓏和希茉同時發出一陣痛苦的呻吟。

「難怪他早上會端出那種東西……」

「冬犽向來對料理不感興趣。」墨里斯皺著眉，「我希望他能繼續維持這良好的美德。」

「搞不好是因為沒學過才會做出奇怪的東西呀。這次有老師教，說不定能改善呢！」

「猜猜看，是冬犽的廚藝會先改善，還是你會先死呢？呵呵呵。」

冬犽繞了一圈之後回來，臉上掛著滿足的笑容。封平瀾則發現，對方的外套口袋變得鼓鼓的，不只口袋，整件外套好像都變得有點緊繃。

「你似乎很高興？」

「這裡很棒。」冬犽笑著開口。

璁瓏等人的表情暗沉了幾分，如喪考妣。

上課鐘響，老師走到臺前。「今天要做咖哩飯和玉米濃湯。等一下五到六個人一組，分好組後到前方來領取食材。」

璁瓏和墨里斯使了個眼色，拉著希茉，快速地移動到站在不遠處的蘇麗綰與柳浥晨身旁。

「噢，這裡剛好五個人呢。」璁瓏假裝不經意地開口，「我們就一組吧。」

「喂！人家也想和浥晨同組！」伊凡不滿地抗議。

「不好意思，人數已經滿了。」璁瓏立即否決。

「哪有這樣的！」伊凡抱怨。

「我是沒差啦。」柳浥晨不在意地開口，「不然我和冬犽交換？」都是封平瀾的契妖，應該會想在同一組吧？

墨里斯微微一震，「萬萬不可！」

他轉過身，以猙獰而充滿殺氣的面容，對著伊凡低聲恐嚇。「……不想在晚上的自由戰鬥時間被圍毆的話，就閉上你的嘴……」

伊凡嘴裡嘟囔了幾聲，悶悶地走向封平瀾那組。

封平瀾和冬犽、伊凡、伊格爾以及白理睿一組，遲到的宗蜮也加入了他們的組別。

至於百嘹早在老師還沒宣布分組之前，勾搭上烹飪社的女社員，悠哉地等著坐享其成了。

「那個，我不擅長料理，等一會還是旁觀就好。」冬犽相當有自知之明，客氣地對封平瀾說著。

「噢，可是——」冬犽剛才不是看起來很感興趣嗎？

「哪有這麼好的事！」伊凡打斷了封平瀾的回應，「每個人都要做，不可以偷懶！」

隔壁組的墨里斯與璁瓏聽見伊凡的發言，忍不住搖頭。

自掘墳墓……

「不用擔心啦！照著老師說的做，一定沒有問題。失敗的話大不了不要吃，沒關係的！」封平瀾鼓勵性地拍了拍冬犽的背。

嗯？冬犽的背觸感怪怪的。

「好的，我明白了。」冬犽苦笑，「我盡力而為。」

伊凡和伊格爾照著指示，到食材區捧回需要使用的材料。其他人則開始準備廚具。

「理睿，你會做飯嗎？」

「略懂。」白理睿對著鐵鍋鍋蓋上的倒影整了整頭髮，「之前居家系暖男流行的時候，稍微研究過。」他彎下腰，找尋放在櫥櫃裡的材料，「麵粉和太白粉沒了，可能要去和老師領取——」

「老師，麵粉和太白粉沒了。」身後的組別舉手開口。

「糖也沒了。」

「第二組沒有鹽！」

缺貨的報告聲，此起彼落。

「怎麼可能？前天才補充過……」家政老師相當困惑，皺眉請班長到儲藏室遞補缺少的材料，同時對著學生提醒，「請大家不要浪費食材。」

冬犽明顯露出鬆一口氣的神情。

按照步驟，他們得先煮飯再製作咖哩，燉煮咖哩醬時煮玉米濃湯。

「先來分工吧！」

「我想切肉……」宗蜮低聲認領。

「我和伊格爾切菜。」

「不好意思，我也想切菜。」白理睿開口，指尖滑過雪白的陶瓷刀刀面，「使刀的男人，對女性而言有股危險的魅力。」

「你不管切什麼對女性而言都沒有魅力啦。」伊凡毫不客氣地吐槽。

「請容我提醒，現在刀子在我手上，你最好小心你的用詞！」

白理睿感覺有人拍了拍他的肩，轉過頭，赫然看見伊格爾正握著剁肉角刀，不鏽鋼刀面幾乎和臉一樣大，在伊格爾臉上投映出森冷的寒光。

白理睿把手中的陶瓷刀放下，默默地到一旁去準備其他的用品。

「冬犽來煮白飯吧。」封平瀾指了指電鍋，「只要把米洗乾淨，放到電鍋裡加水就好了。」非常簡單的步驟，他實在想不到能出什麼問題。

「好的。」冬犽拿起裝米的袋子，揚起笑容，「我喜歡洗東西。」

隔壁組的璁瓏等人，聽著封平瀾和冬犽的對話，搖了搖頭。

自尋死路……

封平瀾照著指示將要用的鍋子、廚具備妥，預備需要用到的調味料與香料。

「我們弄好了！」

東西還沒擺好，就傳來伊凡邀功的聲響。

「這麼快呀？」封平瀾愉快地轉過身，「看來我們有機會得第一呢——呃？」

雪白的砧板上，躺著不規則狀、未去皮的馬鈴薯和紅蘿蔔，有的和印章一樣大，有的和紙板一樣薄，凌亂地豎立擺放著。洋蔥則整顆完好地放在一邊。

「你根本不會切嘛！」白理睿揚聲抱怨，「這麼大塊不容易煮熟，而且馬鈴薯要削皮！洋蔥也沒動！這哪叫切好了？」

「少囉嗦！不容易熟就煮久一點啊。有皮的部分切掉就好了嘛。」伊凡悻悻然地說著。「洋蔥的味道好臭，我不想碰。」

封平瀾笑著打圓場，「沒關係啦，反正時間還夠，不然洋蔥就拜託理睿幫忙——」

伊凡一口回絕，「我才不要他幫咧！這是我的任務，我要自己處理！」

「我也不想幫屁孩善後。」白理睿冷聲以對。

「大家和氣相處嘛，哈哈哈。」封平瀾努力地打哈哈，「噢對了，小蛾兒那裡進行得怎樣了呢？雞肉切好了嗎——呃！」

轉過頭，他再度愣愣。「小蛾兒，這是……」

宗蛾以奇巧的刀工肢解雞腿，筋骨分離的雞腿像標本一般被張開，以大頭針釘在砧板上。一根根的針，固定著一條條的筋肉與血管。

為什麼烹飪教室變成凶案現場……

「這是韌帶。」宗蛾刺下了另一根針，「銀色的，很漂亮……嘿嘿……」

這樣下去，他們的家政成績可能會慘不忍睹……

「你在幹什麼！誰叫你切成這樣！」柳浥晨的咆哮聲從另一旁的流理檯傳來。

「是妳叫我把它切成小塊狀的！」墨里斯回吼。

「你是打算做嬰兒食品嗎？根本是泥狀了，你這白痴！」柳浥晨一掌拍在桌上，轉頭瞪向一旁畏畏縮縮的希茉，「妳！白飯弄好了嗎？」

「好、好了……」

柳浥晨嗅了嗅，「為什麼有酒味！」她一個箭步向前湊向希茉，然後怒目一瞪，「妳偷喝米酒?!」

「我我我……只是嘗了一點點味道！是、是飯……」

「飯？」柳浥晨有不好的預感，她伸手打開電鍋，濃香的酒氣撲鼻。電鍋裡，泡著米粒的不是水，而是酒。

「我我、我想要做那種泡、泡在酒酒酒裡的飯，很很很好吃……」希茉結結巴巴地解釋。

「那是酒釀！妳——」柳浥晨勃然，正想發難，但看到希茉泫然欲泣的表情，只好咬牙壓下怒火，「……酒倒掉，把米再沖洗一次——」

「啊啊啊！」慘叫聲響起，站在水槽邊的璁瓏雙手摀眼，悲聲哀號，「這果實有毒！它會散發毒霧！我中招了！我要瞎啦啊啊啊——」

「不要大呼小叫！」柳浥晨斥喝，「不是叫你把洋蔥泡在水裡再處理嗎！」

「我的眼睛！我的眼睛！」璁瓏置若罔聞，跌跌撞撞地想要找水清洗眼睛。

「喂！小心！」

端著米的希茉閃避不及，被璁瓏迎面撞上。米和酒從璁瓏頭上潑灑而下，鍋子砸到了一旁的蘇麗綰。璁瓏的慘叫聲更大，希茉手忙腳亂地拿起餐巾紙幫他擦拭，過程中還偷偷地舔了舔沾到手上的酒。

柳浥晨有種想死的感覺。

看著隔壁組紛亂吵鬧的狀況，封平瀾突然感到一陣安心。

「那個，米飯我處理好了。」冬犽柔聲輕喚，不安地開口確認，「真的只要洗乾淨後加水，放到電鍋裡加熱就好了嗎？」

「是的，很簡單吧？」封平瀾揚起笑容，「冬犽果然是最可靠的。」

另一隅，悠哉地坐在椅上，一邊吃著高級飯店馬卡龍、一邊和女組員調笑嬉鬧的百嘹，回頭看了封平瀾那桌一眼，笑著搖了搖頭。

「百嘹在笑什麼呀？」看著百嘹迷人的笑容，女學生好奇地開口。

「看見有趣的事。」

「喔？在哪裡？」

百嘹一口吃下剩下的點心，勾起嘴角。「馬上就會發生。」

封平瀾把宗蜮處理完的雞腿收集起來，雞肉肢離破碎，凌亂地黏附在骨頭上，像把破爛的傘。

他轉頭看。伊凡重切蔬菜後，體積差距變小了，但形狀還是很不統一，有的是碎丁，有的則是細絲狀。馬鈴薯的體積小了一大圈，被削去的皮和手機一樣厚。洋蔥只有皮被剝除，整顆還是完好的。

注意到封平瀾的目光，伊凡先聲奪人，「看什麼看！我等一下就會弄好！」

「切得真糟。」白理睿毫不客氣地批評。

伊凡翻了翻白眼，「計較這麼多，難怪女人緣這麼差！」

「你這死小孩——」

「啊呀，沒關係啦，料理最重要的是味道嘛！」封平瀾連忙開口，「只要用愛心去做，一定會有奇蹟發生的。」

「聽到了沒？重點是味道！我會處理好的，你別在這裡礙手礙腳！」伊凡揮了揮手，驅趕白理睿。

「如果要用愛心來扭轉味道的話，那麼只有德蕾莎修女出現才有可能發生奇蹟……」

白理睿熟練地拿出平底鍋，加熱，把洋蔥、火腿丁和奶油放在鍋裡輕炒了一下，接著加入麵粉炒拌。頃刻間，香味四溢。

「哇！感覺很不錯喔！」封平瀾注意到冬犽準備完米飯後就站在一旁，無事可做，他思考了一秒，開口邀請，「冬犽要試試嗎？」

冬犽的表情有點受寵若驚，「讓我來做？這樣妥當嗎？」

封平瀾下意識地回頭看柳浥晨那組，正好看見柳浥晨拿著空牛奶罐往璁瓏頭上用力敲去。

「你把牛奶喝光了我們煮個屁？白痴！白痴！白痴！白痴！」每罵一句，就用力地往下敲擊。

封平瀾回過頭，篤定地笑著回答，「沒有問題的！」

冬犽走向前，接過鏟子，小心翼翼地翻動著鍋裡的東西。

「等一下把它們倒入湯鍋裡，然後把玉米、火腿、牛奶和麵粉倒進去就好了。」

「好的，我明白了。」冬犽認真地盯著鍋裡的東西，緩慢而穩定地重複著動作。

「咖哩一定會被扣分，但湯應該沒問題。」白理睿看著冬犽小心謹慎的樣子，放心地開口。

伊凡聽見，回頭瞪了白理睿一眼。

封平瀾和白理睿兩人收拾整理流理檯，倒完垃圾回教室時經過後方的組別，柳浥晨正手持擀麵棍、張牙舞爪地要往墨里斯身上招呼，墨里斯也不干示弱地握拳飆吼，蘇麗綰、璁瓏和希茉手忙腳亂地要把兩人拉開。

「不過就是帶有動物與植物碎塊的黏稠狀褐色物體罷了！有什麼了不起！」

「那你去吃屎啊！」

他們的流理檯上一片凌亂，切好的食材散布在檯上，都還沒下鍋。

「我們這組似乎做得還不錯。」看到這番光景，白理睿有感而發地開口。「不過別告訴伊凡那臭小子，不然他會得意忘形。」

「嗯嗯！是啊！」封平瀾內心也是一陣踏實。

然而，兩個人的安心和喜悅並沒有維持多久。

一踏回自己的組別，一股詭異的味道猛烈地襲來。

「這個味道是怎麼回事？」白理睿皺眉，濃烈的酸味混雜著複雜、極具侵略性的氣味，攻擊著他的嗅覺。

「哇噢！」封平瀾吸了吸鼻子，「我們的咖哩聞起來有點叛逆呢。」

白理睿衝向鍋子，低頭看向伊格爾正在攪拌的咖哩。只見一鍋深褐色稀黏不均的半稠狀物，幾塊紅蘿蔔漂浮點綴其中。「怎麼會變這樣？」

「你還好意思問我，我們可是照著你的吩咐去做的呢！」伊凡惡人先告狀，「把咖哩塊加下去之後就變得怪怪的。是不是你人品太差，害我們被發到有問題的咖哩塊啊？」

「怎麼可能……」白理睿轉頭，看見桌面上擺著伊凡所說的「咖哩塊」。「這是雞湯塊啊！」

「外面又沒有包裝，放在塑膠盒裡誰知道啊。」

「這是常識啊！」不，如果只是放雞湯塊的話，不會有酸味——

白理睿掃視周遭一圈，赫然發現鍋旁放了一瓶烏醋，裡頭已經空了。他瞪大眼，「你加了醋？」

「我以為那是麻油……」伊凡心虛地回應了聲，但馬上理直氣壯地開口，「反正原本顏色也不對啊，淡淡的，我加了烏醋後還比較像咖哩咧。」

「那是因為你放的是湯塊啊！」白理睿打開檯下的矮櫃，找出咖哩塊，「這・個・才・是・咖・哩・塊！」

「喔，」伊凡挑眉，「那放下去就好了嘛。」抽下整片咖哩塊，隨手扔到鍋子中。

咖哩塊發出噗通一聲，在滾燙的醬汁中載浮載沉了一陣之後沉沒。

白理睿有種想要把伊凡的頭壓入鍋中一起煮的衝動。

「別緊張啦！」封平瀾趕緊取來湯勺用力攪拌，「多攪拌一下應該——」湯勺卡到異物，他停頓了一下，將湯勺提出湯面，竟打撈出一顆完整的洋蔥。

「……至少我們的咖哩裡還有洋蔥。」伊凡悻悻然地說著。

白理睿的臉色幾乎和那鍋暗黑烏醋咖哩一樣難看。

封平瀾放下湯匙，「那個，來看看玉米濃湯吧！湯一定很完美！」

冬犽謙虛地開口，「我已經盡力了，但可能不是很好。」

「放心，就算你把鞋子扔進去煮也勝過那鍋咖哩。」

打開鍋蓋，裡頭躺著米黃色的濃湯，湯上漂著黃色、紅色的碎丁。

顏色沒問題，味道乍聞之下好像也沒問題，但——

「等一下，這黃色碎丁……是鳳梨！」

「我覺得玉米太少，所以又開了一個罐頭。」冬犽指了指旁邊的空罐，「都是黃色的。」

封平瀾低頭聞了一下，「聞起來有種熟悉的甜味。」讓他突然很想吃刨冰。

「我加了這個。」冬犽從櫃中拿出一個塑膠罐，「這種牛奶很濃，我之前沒看過呢。」

「那是煉乳……」白理睿無力地低吟一聲，「完了，我們只剩白飯了——」他的目光移向電鍋，愣愣，「為什麼電鍋口吐白沫……」

電鍋閉合處正不斷地冒出泡沫，滾燙的蒸氣也從隙縫中噴洩而出，鍋子看起來像是隨時要爆炸一樣。

「我只洗了米，然後放到鍋子裡，其他什麼都沒做！」冬犽澄清。

「冬犽，你是用什麼洗啊？」封平瀾小聲詢問。

「那個。」白皙的手指一抬，指向清洗槽邊的強效洗碗精。

封平瀾和白理睿頓時僵硬。

坐在角落觀看一切的百嘹幸災樂禍地大笑出聲。啊，他開始喜歡烹飪課了。

放在火上加熱的濃湯不知不覺間已沸騰，眼看就要噴灑出鍋外。

冬犽趕緊暗暗揮掌，在鍋子周遭張開風壁，抽光鍋邊的空氣，營造出一個真空結界。火焰瞬間熄滅，沸騰的濃湯也降回原位。

冬犽伸手把瓦斯關上。

「轟！」爆裂的巨響轟然震起。冬犽嚇了一跳，以為是自己闖了禍，但聲響是從身後傳來。

一道巨大的火柱直衝天花板。墨里斯站在瓦斯爐旁，首當其衝，但他是火系妖魔，這樣的火勢對他造成不了任何傷害。

學生們驚呼著要逃離報警時，火燄瞬間降下，退回鍋底，變回幾簇小小的火苗。墨里斯暗中操控，將火燄給壓回。

鍋中物被方才的巨燄這麼一燒烤，一陣一陣地冒出濃烈黑煙以及刺鼻焦臭。

「你在幹什麼！」

「時間不夠，我想讓它快點熟。」墨里斯低聲回應。

他偷偷用妖力操控火燄，結果溫度太高，導致放在一旁的沙拉油塑膠瓶融化，油流到瓦斯爐上，當場爆燃。

見火勢平息，眾人同時鬆了口氣，這時屋內下起了雨。方才的火燄和濃煙觸動了火災警報器，自動灑水系統開始噴灑水柱。

驚呼與抱怨聲起此彼落，大家紛紛閃避並搶救手機和紙製品。有不少組別已完成的料理也因水柱徹底泡湯。

家政老師全身濕透，表情猙獰、咬牙切齒地開口。「第四組全組留下！其他人離開！」

柳浥晨等人懊惱低吟。

「逃過一劫了……」白理睿對封平瀾低語，「託他們的福，我們那鍋暗黑料理不用拿出去評分。」

「哈哈，是啊。」封平瀾乾笑兩聲。墨里斯他們闖禍的話，身為契約者的他絕對不可能沒事的。

跟在封平瀾身後，冬犽經過家政老師面前時，忽地有東西從他的外套下襬掉出。一包麵粉。

冬犽自然從容地撿起，邁出第二步時，又一包東西落下。這次是整包的砂糖。

「等一等。」家政老師叫住冬犽，「你把外套打開。」

冬犽猶豫片刻，嘆了口氣，將外套拉鍊拉下。

衣服下夾帶著一包包的麵粉、糖、鹽。有些開口沒有完全密封，進了水，重量增加，因此掉落地面。

「冬犽？」封平瀾驚訝地開口，「你拿這些做什麼？」

「我以為這和廁所裡的衛生紙一樣，自由使用……」

「是可以自由使用，但你拿太多了！」家政老師厲聲指正。

冬犽苦笑，「我也這麼覺得……」所以才會不好意思地把它們藏在衣服下。

「你留下！」家政老師瞪了封平瀾一眼，壓低聲音開口，「我知道你和他，還有剛才那幾個闖禍的人有些『關係』，你也留下！」

Chapter2

那些年聲稱被存起來的紅包都去哪了？

中午時分。行政大樓，導師個人辦公室。

濃濃的藥草味充斥著整個空間。辦公桌後方的殷肅霜手撐著頭，看著站在自己面前的七個學生。

七人全穿著向總務處借來的運動服，頭髮還帶點溼氣。

殷肅霜嘆了一口氣，悠然開口，「前天協會總部來了公文，說這陣子異常案件頻率上升不少。根據調查，不從者們似乎聚集成組織，暗中成立學校，開始培育新血，和協會作對。」

眾人面面相覷，不明白殷肅霜為何要說這些話。

「協會上頭有些激進派的幹部提議，動員世界各地的召喚師，找出那間祕密學校的所在地，然後與之決一死戰。」殷肅霜停頓了一秒，「我覺得只要把你們送過去就夠了。」

「班導的意思是因為我們很強大，所以要指派這項重大任務給我們，將功贖罪嗎？」封平瀾雙眼閃閃發亮。

「我的意思是，和你們相處久了會有厭世的念頭。你們有讓人想自我毀滅的本事。」殷肅霜冷冷地開口。

「喔。」封平瀾抓了抓頭，「那也算是很強的一種，對吧？」

柳浥晨用手肘撞了封平瀾一下，示意他閉嘴。

「這次事件的主因是你和你的契妖。」殷肅霜看著封平瀾，從辦公桌上的文件夾裡抽出一個信封，「這是損失的估價，正式的求償公文和帳單這幾天會交到你手裡。這筆帳由你們支付。」

封平瀾接下信封，將裡頭的估價單抽出。璁瓏、希茉和墨里斯都露出不以為然、置身事外的表情，因為賠錢對他們而言不痛不癢。但冬犽很緊張地湊到封平瀾身邊，看著對方緩緩將紙張打開。

「哇！」看到數字，封平瀾驚嘆了一聲，「有六位數耶。」

不過，契妖們應該沒有金錢方面的困擾，之前才看到璁瓏毫不手軟地買了一臺國外進口的限量版跑車模型，花了上萬元。

一陣痛苦的呻吟從身邊響起。

「冬犽？」封平瀾察覺到冬犽的異常，開口關切。

冬犽臉色發白，額角冒汗，目光盯著估價單，突然覺得腳下的地面消失不見，整個人落入深淵，天旋地轉。

冷靜，他得冷靜……

「你還好吧？怎麼了？」其他人發現冬犽的不對勁。

「我很好……」冬犽開口，聲音出乎意料地喑啞。

他得冷靜……

他想吃冰淇淋。他的舌、他的喉需要那冰涼滑嫩的甜蜜來滋潤，他騷動焦慮的心靈需要那濃醇綿密的甘美來鎮定……

但沒有了。現在沒有，家裡也沒有，最後一盒昨晚被他吃光了。就如同儲藏室裡那空了的鐵櫃。

「你不舒服嗎？」封平瀾伸手拍了拍冬犽的背。

「我沒事……」冬犽感到一陣暈眩，他努力站定，卻一個踉蹌，整個人無力地傾倒。

在倒地之前，封平瀾為了抓住他而鬆開估價單，紙張飄上了冬犽的面，六位數欠款映入了他的眼。

他發出一陣痛苦的呻吟，然後失去了意識。

冬犽睜開眼時，映入眼中的不是辦公室，不是教室，而是自己臥房的天花板。

他盯著米白色的天花板，發現角落竟有一道黏著灰塵的蜘蛛絲。

他下意識地動了動指頭，召起一小陣風，將那灰絮捲出窗外。

「醒了？」

他轉頭，看見百嘹正坐在書桌前的位置上，蹺著腳，好整以暇地看著他。另一旁，奎薩爾站在櫥櫃前，靜靜地望著他。

目光和奎薩爾相交時，冬犽下意識地瑟縮一下，將視線移開並坐起身。

「你突然昏倒，大家都嚇到了。」百嘹開口。「召喚師派了醫生來幫你診察，就是那個叫瑟諾的傢伙。診斷結果就和他的外表一樣不可靠，呵呵呵。」他沒提問，等著冬犽自己解釋。

冬犽微微嘆了聲，「我沒事。」

百嘹挑眉，對這答案不滿意，但他沒多說什麼。

「既然沒事的話，那就出去向大家解釋一下吧。」百嘹走向房門，扭開門把，頭也不回地步出房間。

奎薩爾仍凝視著他，冬犽知道，奎薩爾也在等著他解釋。

「我似乎搞砸了一些事。」冬犽苦笑。

「我只在意雪勘皇子的下落，在這件事上，你尚未搞砸任何東西。」奎薩爾淡然開口，轉身退出房門。

冬犽深吸一口氣。該面對的事還是要面對的……

他穩定住心緒，從容就義一般地起身走向客廳。

所有人都坐在客廳等待，每個人都關心著他的狀況。

「冬犽！你沒事了嗎？」封平瀾緊張地將沙發推向冬犽的位置，「快點坐下，病人不要站太久！」

「謝謝。」冬犽坐下，表情十分平靜。

牆上的鐘顯示著八點五分，影校上課時間，但是大家都在，顯然是為了他而請假留下。這讓冬犽內心的自責更加重了幾分。

「所以，到底是怎樣？」墨里斯開口，「你今天一整天都不對勁，到底出了什麼問題？」

冬犽嘆了口氣，「有些不好的事發生了……」

眾人臉色一凜。

「怎麼了?!」

「情況很危急嗎？」

「這和你昏倒有關嗎？」墨里斯追問。

冬犽點點頭，正想開口，卻發現陳述事實竟然如此困難。

「我們……」他才吐出兩個字，就難以忍受地摀著嘴，眼神悲痛，無法啟齒。

「是三皇子的人嗎？是不是他們找上你，對你下了咒？」璁瓏不安地推論。「十二皇子的軍團長怎麼可能會因壓力太大而昏倒？一定是中了咒語對吧！」

冬犽悲痛又為難地搖頭。

「我們……」他開口，看起來像承受著莫大的痛苦。

眾人緊張地湊近聆聽。

冬犽深吸一口氣，表情平靜，以彷彿要與世訣別的表情宣告，「我們已經——」

「啪！」一室燈火通明，忽地暗滅。

「燈怎麼滅了？」

「被突襲了嗎?!」

「張開防禦！備戰！」

屋裡頓時陷入警戒肅殺的氛圍。就連封平瀾也召出了影刃，緊張地東張西望。

「沒有敵人，沒有任何攻擊……」冬犽悲傷的語調在黑暗中幽幽響起，「——是我們沒錢了。」

啊！多麼令人羞於啟齒的事實……

室內安靜幾秒，眾人一時之間無法理解，因為沒錢這個概念離他們太遙遠，太抽象。

「沒錢？」大家一臉茫然。

百嘹搖了搖頭，露出感到荒謬的笑容。奎薩爾的表情依然漠然森冷，只是多了那麼一絲絲若有似無的無奈。

「怎麼會沒錢？」

「那個有附數字輪盤的鐵櫃子不是有很多嗎？」璁瓏不解。「會不會是你打開的方式不對？」

「先讓這裡亮起來再說吧。」墨里斯彈指，一團火燄飄在空中，照亮了客廳。火光下，冬犽的表情看起來有點陰森。

「可以從頭解釋一下嗎？」

「我剛說了，我們沒錢。」冬犽重述了一次，語氣變得有點焦躁。

「這和停電有什麼關係？」璁瓏不解。

冬犽猛地起身，走向折衣間，拿出一疊紙攤在茶几上。那一張張全是催繳單，水費、電費、瓦斯費、網路費和電話費。

「這是什麼？」

「帳單。」

「哇，」封平瀾拿起單據翻了翻，「我們同時被斷水、斷電、斷瓦斯了耶！」他拿起另一張，「還有斷網路、斷電話。」

「什麼！」

「怎麼可以斷網？再過一小時我的皇帝魚就要拉寶石了！彩蛋樹也快要結果子了！」

「我十點有必須收看的節目。」

「我也是……」希茉小聲開口，「……沒辦法讓它快點恢復嗎？」

面對眾人的一言一語，冬犽憂煩的心情轉為暴躁。

「會淪落至此，是因為除了奎薩爾，大家都太會花錢了。」他忍不住指責，「付完學費後餘額就有點吃緊了，但璁瓏一直買模型、遊戲點數那些無意義的東西！墨里斯訂購了一堆健身器材，每臺都要上萬元！希茉漫無止境地狂買小說、藍光ＤＶＤ和影音設備，每天都要喝掉好幾瓶名酒！百嘹也是，花了好多錢買名牌衣服，還去高級情色場所！這些錢累積起來可不是小數目！」

百嘹沒想到自己安靜不開口也會中槍，挑眉辯解，「不好意思，夜店不是情色場所，是交際場所。情色的事通常發生在交際之後，場所之外。」

「那不是重點！」冬犽賭氣地說著。「如果你們懂得自制收斂，就不會發生這樣的事了……」

「喂喂，不是只有我們吧？」墨里斯忍不住抗議，「你幾乎天天跑賣場，開銷也不小啊！」

「我都是買必要的生活用品。」

「噢，是嗎？」璁瓏走向櫥櫃，將抽屜和櫃子逐一打開，躺在裡頭的金屬湯匙和精緻的骨瓷茶具，被火光照得亮晃晃的。「有四分之三是全新的！」

冬犽有點心虛，「那些餐具每個人都可以使用，放著也不會壞。」他喜歡那些茶具，特別是小湯匙，用這些亮晶晶的小東西吃冰淇淋，視覺味覺雙重享受。

「你知道我們根本不會用！就算要用也不需要這麼多！」墨里斯反駁。

封平瀾不由慶幸沒帶妖魔們去辦信用卡，不然搞不好連房子都會被抵押。

冬犽冷瞥墨里斯一眼，「別忘了，今天那筆六位數的帳單可是你惹的禍，你讓整個情況火上加油……」一語雙關地諷刺。

墨里斯語塞。

冬犽奪回主導地位，繼續開口，「我本來想趁著家政課帶點麵粉和糖回來，緩和窘境，但是因為你的胡來而搞砸了。」

「打個岔，」百嘹悠哉開口，「除了糖，你還拿了鹽。要是混在一起泡，我也沒辦法喝呀，呵呵呵。」

「那不是重點！」冬犽駁斥。

斷水斷電外加斷糧，而且還負債。眾人理解到情況真的不太妙。他們以為在人界生活，最大的威脅就是三皇子和召喚師。沒想到，還得面對經濟問題。

人界比幽界安逸和平，但在和平之中也存在著可怕的挑戰吶。

「那，現在要怎麼辦？」璁瓏打破寧靜。

「除了奎薩爾有校醫的薪水以外，我們得想辦法籌錢……」冬犽一手撐著頭，苦惱低語，「以前戰時嚴苛艱困的日子都度過了，斷電斷網沒什麼大不了，比較麻煩的是那筆維修費……」

此語一出，璁瓏和墨里斯立即抗議。

「斷網可是很嚴重的事！怎麼可以等閒視之！」墨里斯反駁。希茉在一旁頻頻點頭。

「喂，在人界要如何在短時間內取得大筆金錢？」璁瓏問封平瀾。

過去在幽界，武力是取得財富和權位的關鍵，掠奪是處世的基本原則。他們知道人界和幽界有不同的遊戲規則，但不理解遊戲操作的方式。

「啊？」封平瀾抓了抓頭，「如果考慮到時限，大概只能搶銀行了吧，哈哈哈。」

璁瓏和墨里斯兩人點頭。

「我看過電視，銀行裡存放了許多值錢東西，而且有武裝人員看守那些寶物。」

「所以我們只要打倒護衛，就可以拿走他們的財寶了？」

「對，然後大街小巷都會張貼我們的照片，描述我們的豐功偉業，讓民眾瞻仰並且留意我們的行蹤。」璁瓏停頓了一下，「和追星族的粉絲專頁差不多。」

「誰會去做這種事啊？」墨里斯皺眉。

「不曉得，吟遊詩人吧。」

「喂！我剛是開玩笑的啦！」封平瀾連忙制止。

「的確，我們現在的處境不宜太過招搖。要是讓相片滿街流竄的話可不妙。」璁瓏思索了一下，將這提案作罷。

「還有其他比較低調的方法嗎？」

封平瀾正要開口，站在一旁的希茉怯生生地舉起手，難得鼓起勇氣發言。

「那個……」眾人的目光移向希茉，她瑟縮一下，小聲開口，「只要有總裁就可以了……」

「那是誰啊？」

「很有錢的人。」希茉解釋，「……我們、我們可以搜尋總裁會出沒的地點，然後事先埋伏……」

「然後和他打鬥，贏了就能拿走他的財寶？」墨里斯搖頭，「勝之不武。」

「不是決鬥。」希茉趕緊辯解，「是要在他面前跌倒，或者是剛好掉了條手帕飄到他面前，總之要表現出笨拙的一面。」

「然後讓他憐憫我們、給我們錢嗎！就算我的魚全都餓死我也不會去行乞！」璁瓏怒聲駁斥。

「不是行乞，聽我說完……」希茉皺了皺眉，聲音稍稍提高，「這樣做的話，總裁就會愛上我們，然後給我們很多錢。」

「什麼？」眾妖困惑。

「怎麼會有這麼奇特的牟利方式……」冬犽深感訝異，「人類社會果然複雜深奧。」

「呃，不是這樣啦！」封平瀾想解釋，但一時間又想不出該如何說明。

百嘹掛著笑容，一邊吃著女學生送他的星星糖，好整以暇地看著這群幽界鄉巴佬鬧笑話。

「這是真的，很多書上都這樣寫，電視也是這樣演的！全世界的總裁都是這樣，喜歡笨拙的人。」提到自己的專業領域，希茉越講越興奮，「不過，還是會有一些挑戰需要克服。當我們和總裁建立穩定的金錢與肉體關係後，沒多久總裁的未婚妻就會出現，來找我們麻煩，用各種手段逼迫我們離開，接著我們會發現其實自己和總裁是同父異母的兄妹，總裁的雙親會認為我們出身低微，阻礙我們和總裁在一起，甚至派出殺手——」

不可能有人和你們是同父異母的兄妹吧？根本不同品種啊！

「我懂了，接著就打倒殺手和總裁他父母，取得財寶，對吧？」墨里斯開口。

「不對，我們會掉到懸崖下，然後大難不死地被船隻救起，但是會喪失記憶，碰到總裁的勁敵或好友，然後對方會擅自愛上失憶又失智、笨拙而無助的我們……」希茉用夢囈一般的語調說著，眼睛閃爍著夢幻的光。

「希茉，那些是——」封平瀾想告訴希茉那全都是虛構的，但才開口就被百嘹拉向沙發，一根手指抵到他的嘴前，封住他的話語。

「噓，別打斷。」百嘹笑得嘴角都要連到眼尾，「聽她說完。」

「然後總裁的勁敵或好友通常也是總裁，我們相戀之後總裁的好友也會給我們很多錢，然後又會有未婚妻跑出來找麻煩，我們會發現自己竟然又和總裁的好友有血緣關係，接著又被殺手追殺，再度掉下山谷……」

「然後又被另一個總裁撿到？」璁瓏皺起眉，「而且為什麼那麼多人有血緣關係啊？」

「……因為其實人類很淫亂。而且，總裁都很喜歡以愛為名對喜歡的人做些與繁殖後代有關但又不想繁殖後代的事，內心有很多道陰影……」希茉的臉羞紅起來，然後自顧自地低聲吃吃輕笑。

「根本荒唐！莫名其妙！」墨里斯搖頭，「我一點也不想在任何人面前跌倒！我也不想掉到海裡！」

「對喔，墨里斯不會游泳。」

墨里斯瞪了封平瀾一眼。

「我很好奇你是怎麼知道的，呵呵呵……」百嘹笑著盤問封平瀾。

「不干你的事，臭蟲子閉嘴！」墨里斯怒斥。

百嘹不以為然地笑了笑，「你有沒有發現這附近野狗變多了？」

「我的犬齒足以把你的咽喉咬斷！」墨里斯以為百嘹諷刺他是狗，凶狠地回應。

「——因為我在餵食牠們。」

「我才不——」墨里斯正要回嗆，突然恍然大悟，「原來是你——」

一堆野狗在外頭逗留，難怪沒有貓敢靠近！

百嘹笑得極為燦爛。「你也想被我餵食嗎？」他伸出手，朝著墨里斯的下巴撓了撓，「蹲下，握手，我晚點就帶你去結紮。呵呵呵……」

墨里斯惱火揮爪，但百嘹靈巧地向後一躍，躲開了攻擊。

「別吵了……」冬犽無力地開口。眼前的伙伴沒有一個可靠的。他轉頭望向一直站在角落、默不作聲的奎薩爾，無奈地問道，「奎薩爾，你覺得呢？」

奎薩爾沒太多反應。他待在屋裡的時間不長，也沒什麼物質欲望。這點問題，對他無足輕重。

剛冷的薄唇淡然吐出了幾個字，「自己的問題，自己解決……」語畢轉身離開，擺明不插手。

內務由冬犽負責，出於尊重，他不打算干涉。。

封平瀾見討論陷入了焦著，便打算開口獻計，「那個，大家，我有一個建議——」

「為什麼沒有電？你們又在搞什麼花樣了?!」開門聲伴隨著質問聲從玄關處傳來。海棠的臭臉從黑暗的門後出現，後方跟著亦步亦趨的曇華。

「晚安呀海棠！今天上影校的課時有沒有想念我啊？」封平瀾笑著打招呼。

海棠無視封平瀾的愚蠢言行，打量整個客廳一眼，看著懸在空中的火球，又看了看一臉凝重的六妖，皺眉。

「又有仇家找上門了？」他警戒地開口，手扣上腰帶上的裝飾鈕釦，情況一有不對，能隨時從釦裡的結界中抽出刀劍。

「喔，沒事啦，只是被斷水電瓦斯和網路而已，哈哈。」

海棠微愕，「為什麼？」

「因為沒錢！」墨里斯遷怒地對海棠發火，「某位白吃白喝、無所事事、沒半點貢獻又任性妄為的人，是否要反省一下啊！」

墨里斯吼完，身後的妖魔一陣尷尬。

冬犽輕咳一聲，「墨里斯，你這句話罵到很多人……」

百嘹再度笑出聲。

海棠看著封平瀾以及契妖們，以為他們是在開玩笑，片刻才了解這是真的。

「你們到底做了什麼事，淪落到這種地步……」海棠不可思議地低喃。

海棠一直以為能駕馭六名契妖的封平瀾和他一樣，出身召喚師名門世家，也被家族冷落懲罰，才過得如此寒傖。

沒有人回應海棠。契妖與封平瀾之間的關係是祕密，除了少數影校召喚師，沒有人知道。

夏夜悶熱，室內因墨里斯的火球更加燥熱了幾分，扮演活體空調的冬犽因為身體不適，無力召來微風調節室內溫度，導致整個客廳有如蒸籠一般燠熱。

海棠不耐煩地用手揩去臉上的汗，看了在場的妖魔一眼。

他本想狠狠嘲諷對方，但這樣的處境太詭異，導致他一時間不曉得如何開口。

他習慣辱笑對手無能，倒還沒笑過人寒酸。他從沒遇過貧窮的召喚師。

真是……太過莫名其妙了……

海棠舉起手，曇華立即會意，將背包送到海棠手邊。他翻開背包，從裡頭掏出深褐色的真皮長夾，打開，抽出一小疊千元鈔票，放到中央的茶几上。

「這是房租。」海棠不耐煩地再度用手抹去額上的汗，他討厭這種黏膩的感覺。「水電瓦斯全都回復之後再告訴我。」說著轉身朝玄關走去。

「海棠，你要去哪裡？」封平瀾追問。

「去住旅館。」

「你不是被家裡切斷經濟支援了嗎？」瑯瓏狐疑。

「每個月有固定的生活費。」海棠看著封平瀾，「本家愛面子，不可能讓自己人落魄潦倒，何況是最有可能成為下任繼位者的人。」他很好奇，封平瀾到底來自什麼樣的家族。

「那你前陣子怎麼會淪落到住公園？」

「本家的處罰來得太突然，我沒有任何準備，措手不及。」提到往事，海棠悻悻然地哼了聲，「原本我可以直接動用本家金庫的錢，現在不行，只能按月領取生活費。哇，盡搞些小動作……」

「海棠每個月生活費多少呀？」封平瀾好奇。

「兩千。」

「這麼少？」靖嵐哥每個月匯給他的生活費至少有五千呢。「那你交那麼多房租沒問題嗎？」那疊鈔票至少有七、八千吧。

海棠挑眉，「……美金。」

「什麼?!」封平瀾驚訝地站起來，「原來海棠是有錢人家少爺?難怪曇華叫你海棠少爺，海棠真的是少爺耶！」

看封平瀾用彷彿見到稀有動物般的眼神盯著自己，海棠內心的困惑更深了。

封平瀾自己不也是少爺嗎?否則哪有能力住這樣的洋樓?況且就算原本不是,憑著召喚六妖的能耐,自然也會有權貴望族找上門,將其納入門下。

和封平瀾相處越久,產生越多疑問。

「既然有錢,那你幹嘛留在這裡?」墨里斯不滿質問。

海棠翻了翻白眼,「那點錢哪夠?根本沒辦法住我喜歡的飯店,只好窩在這裡了。」

「那真是委屈你了!」璁瓏諷刺。但話語才落,後腦勺就被冬犽拍了一記。

「不得對海棠少爺無禮。」冬犽糾正璁瓏,接著轉向海棠,揚起溫柔的笑容,「非常感謝您的付出。我們會盡快讓屋子恢復運作,恭候您的到來。」

「你何必對他這麼恭敬?!」

「海棠少爺目前對這問屋子的貢獻最多。」冬犽看著璁瓏和墨里斯,柔聲輕語,「他是少數沒有白吃白喝又任性妄為的人,位階遠在你們兩個之上。」

「什麼?」竟然出現位階制了!

「位階高的人可以怎樣?」海棠好奇。

「可以使喚位階低的人。」

「喂!哪有這樣的?」兩名被打為賤民的房客不滿抗議。

「噢,這樣呀。」海棠看了墨里斯和璁瓏一眼,勾起嘴角,「我非常滿意這制度。」

墨里斯和璁瓏的表情變得很難看。

海棠本想嘲諷那兩人一番，但悶熱的屋子讓他受不了。「等我回來之後再說吧。」他用手揩了揩汗，不耐煩地離開洋樓。

海棠離開後，屋裡再度陷入愁雲慘霧之中。

「我不喜歡這樣……」璁瓏低聲嘀咕，「從解開封印之後一直受到限制，現在好不容易有了一點自由，卻又因為其他事情而綁手綁腳……」

「這點小事不足以構成問題，不用太過認真，用點小伎倆就能夠回復原本的生活了，呵呵呵……」百嘹笑著開口。

「人界有人界的規矩。我們不會做出有辱十二皇子名聲的事。」冬犽正色說道。言下之意就是提醒眾妖，偷搶拐騙之流的行徑一律禁止。「況且，那群召喚師們還盯著我們吶……」

「……所以，」希茉細聲詢問。「我們現在要上街去找總裁了嗎？」語調帶著點躍躍欲試。

眾妖陷入苦惱中。

「那個，我從剛才就一直想講了。」封平瀾見縫插針，舉手發言，「只要去打工就好啦！我們全部去打工的話就有六份薪水，日常生活盡量節省一點，一定很快就能籌到錢了！」

「打工是什麼？」

「就是以勞動換取金錢。」封平瀾興致勃勃地解釋，「不過我們平日晚上要去影校，所以只能利用週末時段。學校附近的商圈有很多店在徵工讀生，我們可以去試試呀！」他原本有獎學金，但剛開學時潛入女宿消滅誘妖被退宿之後，獎學金也被挪作修復女宿的賠償金，幸好每個月都會收到靖嵐哥匯來的生活費，勉強不愁吃穿。

他一直很想體驗打工。現在生活已經穩定，正是好時機。

「那我們得做些什麼？」

「學生打工的話，大概就是去餐飲店或商店當服務生、店員，結帳、送貨、清潔打掃之類的。」封平瀾偏頭想了想。

「打掃也能賺錢？」冬犽有些不可置信，「怎麼會有人願意花錢請人來娛樂呢？」

「那只有對你而言算是娛樂，呵呵呵……」

「總之不會太難，對你們而言也不會花太多的體力。」封平瀾興奮地說著，「怎麼樣？明天影校上課前的一個多小時空檔可以先去商圈看看喔！」

眾妖互看一眼。「也只能這樣了。」

問題有了解決的頭緒，眾妖鬆了一口氣，特別是冬犽，原本憔悴慘白的容顏恢復了些許的精神。

封平瀾笑著開口，「幸好我們今天在學校洗過澡了，剛好省下洗澡水，哈哈哈！」

冬犽回以微笑。他很慶幸也很感謝封平瀾的樂觀。

「那用電問題怎麼辦？」璁瓏追問。

「明天再繳吧。但不曉得繳了之後何時會恢復。」

「我的魚再過半小時就要拉寶石了，我得提防那些覬覦寶石的壞分子搶先一步下手！」

封平瀾偏頭想一下，「不然這樣吧，奎薩爾會發電，你看他能不能幫你充電。」他停頓了一秒，「不知道插頭該插在哪個孔，哈哈哈哈！」

璁瓏臭著臉，「一點也不好笑。」他的神經還沒粗到拿奎薩爾開玩笑。

眾妖各自回房。

冬犽正要返回臥室時，一條修長的腿自旁橫越而來，擋在房門之前。他轉頭，只見百嘹漾著似笑非笑的表情，倚在牆邊，笑望著他。

「有什麼事？」

「所以，你是為了這點小事而壓力大到體力不支昏迷？」百嘹笑著搖搖頭，「會不會太過小題大作了？呵呵呵……」

冬犽自嘲地笑了一聲，「因為我喜歡這裡，喜歡這裡的生活。」他認真地開口，「我在乎。」

「可是我們遲早要走。」百嘹輕聲點出事實。

冬犽沉默片刻，輕聲低喃，「我只知道，我們的目標是找到雪勘皇子……」找到皇子之後的發展，還有許多變數……

百嘹挑眉，「什麼意思？」

冬犽不答，只是漾起一如往常的溫柔微笑，打算繞開百嘹的腳，進入房內。

「不打算說嗎？」百嘹直起身子，正要攔下冬犽追問，但背部才離開牆面半吋，就被那雪白的手猛地壓回牆面。

「會說的。」冬犽輕聲笑道，伸手拉住百嘹的領帶，向下一扯，將唇附在對方耳邊，溫柔輕語，「……等我打算把你拉作共犯時，再告訴你。」

隔天封平瀾提早出門，一方面是因為早餐取消，一方面是為了改騎腳踏車到校，省些公車費。過去搭公車時總是璁瓏幫他付錢，因為璁瓏很喜歡刷卡這個動作，堅持要多嗶幾下才滿足。順帶一提，璁瓏也很喜歡按下車鈴，每次到站前都像按機智問答的搶答鈴般，蓄勢待發要趕在其他人之前下手。

這個月的生活費已經收到了，雖然他也想交出一部分做為房租，畢竟他白吃白住了好一陣子，但冬犽拒絕了。

「我們今天能有個地方安居，都是因為你。」冬犽溫柔而堅定地開口，「你沒有欠我們什麼。」

「噢，但我還是想多少出一點心力耶，哈哈哈。」封平瀾傻乎乎地抓了抓頭。

「你已經為我們做很多了。」冬犽微笑，拍了拍他的肩，「沒有你，我們連在這裡為缺錢而煩惱的機會也沒有吶。」

當封平瀾抵達教室時，冬犽、璁瓏已經在教室內了。他有點訝異，因為按照以往，公車應該是現在這個時刻才到達校外的站牌。

「早安呀！今天公車提早到了嗎？」封平瀾隨口問道。

「我哪知道！我是『走』來學校的！」璁瓏神情鬱悶地回答，手中握著自動筆，煩躁地壓按著。「儲值卡被冬犽扣押了，他說在危機解決之前，只有重要場合才能使用……」

「這樣喔。」封平瀾點點頭，「那為什麼你看起來有點焦慮？該不會是走來學校的途中踩到狗屎了吧？」

「我的寶石果然被偷了！」璁瓏怒聲回應，「那個手腳不乾淨的婆娘已經不是第一次越過雷池進犯了！」

「你怎麼知道？」

「我一早就到學校用圖書館的電腦登入，果不其然！昨晚的寶石剛產出不到一分鐘就被拿走！那個該死的『淚已乾不敢愛』！」璁瓏用力地搥了一記桌面。

「啊呀，再等幾天就有了嘛。不然你也可以來我的水族箱拿東西呀，我不介意。」

「你的水族箱只有垃圾可以撿，你養的魚都只會拉廉價貝殼，毫無光顧價值！」璁瓏瞪了封平瀾一眼，以譴責的語氣語重心長地開口，「你完全沒在用心經營，這樣很不好。」

「是是是，我會找時間去整理的。」封平瀾轉頭看了一圈，開口，「希茉和墨里斯呢？」

「墨里斯帶著一袋貓飼料不曉得跑去哪了。希茉和我一樣，一早就到圖書館用電腦，只是不曉得她上了什麼網站，沒多久就被館員叫去辦公室。」璁瓏皺眉回應，「得想辦法賺錢，我已經開始厭倦這樣的生活了……」

「嘿！」白理睿的招呼聲忽地插入，他轉了一圈，瀟灑地坐入封平瀾身旁的空位，蹺起腳，伸出手，「借我國文作業，謝了！」姿態流暢而帶了點做作的華麗，可惜依然沒有任何女同學為此發出愛慕的讚嘆。

「喔，好啊。」封平瀾彎腰，從背包裡拿出簿本。當他正要遞給白理睿時，坐在一旁璁瓏忽地靈光一閃。

「慢著！」璁瓏從空中攔截，將簿本擋下。

「喂，想借的話請排隊！」白理睿抱怨。

「我沒有要借。」璁瓏得意地開口，「你要借的話得收費！」

「什麼？」封平瀾和白理睿同時錯愕。

「原來還有這招呀……」在一旁的冬犽點點頭，露出個了然於心的讚許表情。

「憑什麼要收費？」

「封平瀾嘔心瀝血寫出的作業，為什麼白白借你抄？」

「呃，我覺得沒關係——」封平瀾才開口就被打斷。

「你安靜！」璁瓏扼止了封平瀾的話語，「有價值的東西不要被人白白利用！從今天起我就是你的經紀人！」

「喂！我從來沒有想過利用封平瀾好嗎！」白理睿皺眉辯駁，看向封平瀾，「你缺錢嗎？」

「嗯，對……」封平瀾有點不好意思地笑了笑。

「好吧。」白理睿嘆了口氣，妥協，望向經紀人，「多少錢？」

「問他。」璁瓏不懂人界的物價，乾脆把棘手問題丟給封平瀾。

「問我？你不是說要當我的經紀人？」封平瀾笑問。

「你比較聰明，你去向他解釋。」璁瓏對著封平瀾再三叮嚀。「不能算太便宜！不能賤賣你的智慧財產！」

「了解。」封平瀾偏頭想了一下，腦子飛快地運轉著，片刻笑著開口，「你要單次消費還是選擇包科包時方案？」

「啊？」

「單次消費以分計費，第一分鐘優惠免費，第二分鐘開始每分鐘十五元，超過十分鐘，總金額會有九折優惠。」封平瀾流暢地介紹著，「包時的話預付一百五十元可享有三十分鐘的優惠時數；如果包科輕鬆抄的話則是任選三科八百元，一個月內所選科目大大小小作業都能無限借閱。消費滿一百可積點，滿二十點則可成為會員，紅利點數可兌換贈品，或者抵扣時數。以上。」

封平瀾一口氣說完，有條不紊，毫無停頓。白理睿和璁瓏傻了眼。

「你是電信公司的專員嗎？」白理睿嘖嘖稱奇。

「不好意思啦，現在手頭比較拮据一點，只好想辦法開源節流了，哈哈。」

「你們怎麼會窮成這樣？」

「昨天弄壞了家政教室，要賠不少錢。」封平瀾解釋，「我們想自己解決問題，不想拜託家人。」

「嗯，的確。要是全仰賴家人的話，未來有關自己的所有事項，將會被人無孔不入地插手干涉……」白理睿似乎很能理解這種亟欲獨立的心態，「那你晚上要去打工嗎？」

「晚上的話沒辦法耶。我只能利用假日。」

「為什麼？」

「呃，璁瓏有腸躁症，每晚七點到八點固定要上廁所。」

「幹嘛扯到我！」被點到名，璁瓏不滿開口。

「誰叫他要喝那麼多牛奶。」白理睿瞟了璁瓏一眼，「那他拉他的，你們可以去工作呀？總不用留下來幫他洗屁股吧？」

「要別人幫忙洗屁股的是你吧！畢竟大家都知道，你一直很渴望有異性願意觸碰你的下半身！」

「你在胡扯什麼！」

「平日上了一天課會累，所以晚上想在家休息啦。」看兩人快吵起來，封平瀾趕緊拉回正題，含糊地扯了個答案。上完影校的課後他確實會很累，這樣也不算完全說謊。

「好吧，祝你們早日脫離困境。」白理睿從外套口袋裡抽出皮夾，直接掏出兩千元放到封平瀾面前，「包所有科目一個月。剩下的直接算入預付的押金。」

「喔喔！謝謝！」封平瀾收下錢，恭恭敬敬地將作業遞給白理睿。「請慢用！」

「有需要幫忙的話儘管開口，不要和我客氣。」白理睿接下本子，率然返回座位。

「那傢伙人還不賴嘛。」看著白理睿的背影，璁瓏難得地稱讚外人。

「真的。」封平瀾有同感。「乾脆俐落的態度，超帥的！」

「改天可以邀他到家裡作客，聊表謝意。」冬犽停頓了一秒，「等還完債以後。」

離開沒幾秒，白理睿忽地停下腳步，折返。

「喔，忘了提醒你。」白理睿推了推眼鏡，「請務必把我樂於幫助朋友的善行透露給周遭的單身女性。還有，我下次要預約希茉的英文作業。」

「為什麼？」

「我要把每一頁的 love 和 you 這些字母圈起來，以帶著童心的淘氣手法向她展現我的深情。」

璁瓏、冬犽和封平瀾互看了一眼，失笑出聲。

撤回前言。

Chapter3

有些客人到店裡的目的不是消費，而是秀下限；付錢的目的不是得到商品，而是有藉口強迫名爲店員的觀衆無法離開，非得看他演完

白天的課程結束。透過出租作業，第一日進帳四千五左右。雖然大部分的人對這樣的改變略有微辭，但曦舫的學生家境大多不錯，這點錢還不放在眼裡。

夜晚，影校。

上課鐘聲響起時，封平瀾頭髮微溼、身上帶著熟悉的皂香出現在教室。身後的契妖只有五人，少了一抹雪白的身影。

上課時間開始，殷肅霜凜著臉站在臺上，沉聲為夜晚課程拉開嚴肅的序幕。

封平瀾認真地抄著筆記。璁瓏和墨里斯臉色都很糟，百般無聊地瞪著黑板，平時他們總是坐在底下用筆電做自己的事，現在沒了網路，兩人頓時失去重心。

希茉仍然開著筆電，窩在角落位置，以飛快的速度打字，沒人知道她在做什麼，只是偶爾會聽見她發出幾聲竊笑。

百嘹則撐著頭玩手機，他的手機和電話月租費都是別人送的，絲毫沒受到這波金融危機的影響。

「屋子恢復了嗎？」海棠轉頭低聲詢問。

「不曉得，早上去繳費了，應該已經正常供水供電了吧。」封平瀾一邊回答，一邊低頭嗅著自己的身體。

「白色的契妖又昏厥了？」

「喔不是，我們剛剛在游泳館那邊洗了一些衣物，他現在拿去天臺上曬。放心，已經和班導報備過了，契妖沒離開校園就不算曠課。」

「你到底是——」到底是什麼來歷？

「海棠。」封平瀾嚴肅地望著海棠，認真開口。

海棠微愣，「做什麼？」

「幫我鑑定一下，我身上有沒有怪味？雖然洗了澡，但制服已經穿兩天了，我一直覺得隱約有汗酸味……」封平瀾又往自己身上嗅了兩下，「你覺得呢？」

海棠用力翻白眼，「我不知道！」他也不想知道！

「喔，好吧。」封平瀾停頓了一下，「那借你聞聞看好了。」接著，猝然伸出手，捧住海棠的頭，拉向自己的身前。

海棠沒料到封平瀾會突然動手，來不及反應，頭顱被迫停在封平瀾胸前五公分。

他想發飆怒吼，注意力卻被其他的感官奪去。

封平瀾的手溫溫的，貼在他的臉頰上。他很少被人觸碰，正確地講，很少人願意碰他。從有記憶開始，他就被迫表現得獨立而剛強，落在他身上的觸碰只有出於懲罰，從未出於關愛。曇華雖然常觸摸他，但曇華的肌膚太過細緻，像是絲綢，滑柔，卻不是人類所有。

久違的肌膚觸感和溫度，讓他一時恍神。

然後，他聞到了股清淡的香味，非常熟悉的味道。這是洗手檯上掛著的廉價香皂的味道。

這傢伙竟然用洗手檯的肥皂洗澡?!太寒酸了吧！

「怎樣？」封平瀾緊張地追問，「有臭味嗎？如果不是很臭的話，我打算再撐個一、兩天才洗。」

「你——」

「後面的收斂一點！」殷肅霜以低沉的語調斥喝，額冒青筋。「要培養感情請利用下課時間……」

「喔喔！抱歉抱歉！」封平瀾傻笑兩聲，但手仍然貼在海棠的臉上。

海棠憤怒地扯開封平瀾的手，並把椅子往旁邊移動幾吋，拉開和封平瀾之間的距離。

柳浥晨低聲諷笑，「是誰窩在封平瀾的貧乳裡？海～棠～寶～寶～」

附近幾個學生聞言忍不住偷笑。海棠惡狠狠地怒瞪，柳浥晨挑釁地對空做出擠胸動作，結果被葉珥德看到，訓了聲不三不四。

練習時間，學生們各自散布在空間增大的教室裡，進行雙人對打。

封平瀾依舊和蘇麗綰同組，兩人非常有默契地套招對練。封平瀾還是不懂怎麼操控妖力、使用咒語。隨著課程發展，光靠套招越來越難蒙混，畢竟在使用咒語攻擊時，其他組別總是會迸射出咒力相衝的波光，封平瀾這組顯得非常陽春。

後來在實作練習時間，希茉會偷偷召出兩、三隻極小的雀鳥使妖躲在封平瀾的衣服下，墨里斯和冬犽則在他的手上附加微弱的元素咒語。沒有什麼實際用處，但是能製造出不錯的聲光效果，增加魚目混珠的等級。

蘇麗綰甩揮著紅繩，同時拋出符令。封平瀾閃過繩索，向後一躍，以影刃斬落符令，並且趁機發動手上的元素咒語，製造火光和風聲。

接著封平瀾對蘇麗綰發動攻擊。蘇麗綰總是能游刃有餘地輕鬆擋下，看出封平瀾下一個動作，提前防備，並且將力道拿捏得剛好，不會造成任何損傷。

黑色劍刃朝著蘇麗綰的腰際刺去，她輕盈閃避，悠然地準備回擊時，劍尖竟已冷不防地移到她的身前。

出於本能，蘇麗綰將紅繩射出，瞬間綑縛住影刃，其中一道紅繩化成利鞭，朝著封平瀾橫甩而去。

「啊！」封平瀾和蘇麗綰同時驚呼。

蘇麗綰在意識到自己下手太重時，立即收手，紅繩劃過封平瀾的衣服，在制服上留下一道大大的裂口。

「抱歉！」蘇麗綰又羞又急，「我一時失手了，真的很對不起，我一定會賠償你的損失！」

「喔，沒關係啦，我用釘書機釘一釘就好。」封平瀾看了看自己的衣服，破裂的下襬垂到大腿，露出大半截腰，「變中空的耶，哈哈哈！」

「對不起！」蘇麗綰低著頭，「因為平瀾的動作越來越敏捷，我一時忘記，竟然認真地和你對打……實在很抱歉！」

「真的嗎？」封平瀾驚喜地開口，「所以，妳是說我變厲害了？」

蘇麗綰抬頭，看封平瀾沒有責怪的意思，鬆了口氣，微笑回應，「嗯，對，和剛開學比起來進步非常多。」

「耶耶耶！」封平瀾開心地又叫又跳，巴不得立刻衝出結界，和奎薩爾分享。他回頭找尋奎薩爾的身影，正好和對方四目相接，封平瀾開心地朝對方揮手，後者淡然地將目光移開。

下課鐘響起，接著是武術課，全部的學生往天臺移動。冬犽趕在學生抵達之前把衣服打包收好，神不知鬼不覺。他偷偷地離開天臺，在空教室裡熨燙衣服。

璁瓏和墨里斯今天脾氣特別大，一路上和不少人言語起了衝突。

「那兩個傢伙是怎樣？」看著璁瓏和墨里斯，柳浥晨好奇地詢問，「更年期？」

「他們網路成癮，現在被斷網，出現戒斷症狀啦。」封平瀾回道。

「想上網的話可以去圖書館啊。」柳浥晨建議。

璁瓏重重地哼了一聲，「我們被列為拒絕往來戶，因為某人早上用學校電腦上了奇怪的網站！」邊說邊瞪了希茉一眼。

希茉不好意思地低下頭。

「學校還有哪裡可以上網呀？」

「電腦教室，但那要事先申請。」柳浥晨想了一下，「其實整間學校都覆蓋無線網路，但只有教職員能登入。」

「可惡！」璁瓏懊惱低咒。

……嗯，教職員？他抬頭看看站在高臺上侃侃而談的葉珥德，忽地靈光一閃。

璁瓏湊向希茉，在她耳邊嘀咕幾句，希茉立即眼睛一亮，用力點頭。站在一旁的墨里斯聞言也加入討論。

「對了，班長，妳有沒有推薦的打工地點呀？」封平瀾問道。

「你要打工？」

「對，我和璁瓏他們都要。」

柳浥晨挑眉。召喚生打工已經很罕見了，還帶著契妖一起？簡直前所未聞。

葉珥德曾經告訴她，封平瀾的情況特殊，叫她幫忙注意，避免封平瀾自曝身家來歷，但詳細情形葉珥德並未多說。召喚師對自家隱私管控嚴密這是常見的事，她也相當識相地沒多過問。

但是，隨著相處時間越長，她越覺得，封平瀾真的非常突兀，不管是個性、能力表現、和契妖互動的態度，都相當罕見。

有種圈外人的疏遠感……

柳浥晨把念頭甩開。「如果要去餐廳的話，商圈裡有間新開的簡餐店和連鎖咖啡廳都在徵工讀生，還有飲料店、服飾店和兒童補習班，那裡工作機會不少。」她好奇開口，「所以，你們全部都要去？」

「對呀，這樣比較快賺到錢。」

柳浥晨望了冷臉站在一旁的奎薩爾，「包括他？」

「當然沒有！」封平瀾連忙否認，「奎薩爾已經有正職了，而且他怎麼可以去服務別人？如果奎薩爾去外面打工的話，我一定一直點他的檯，不讓他被別人染指！還要打包外帶回家！」

「你又在胡說八道些什麼！」

「對了，班長，妳家不是也開店嗎？」封平瀾露出期待的笑容，「有沒有興趣雇用我們呀？」

柳浥晨看了封平瀾一眼，轉頭看看他的契妖，思考了一下，「等我們店面要重新裝修的時候吧。」

放學時刻。

所有學生往校門口離開時，有三個人影以極高的速度朝綜合大樓移動。

黑夜中的大樓，一扇扇漆黑的窗戶有如失去瞳眸的骷髏，空洞地瞪視著校園。

驀地，一樓某間房間亮起些許微光，慘淡灰藍的幽幽螢光。

「先讓我用！是我想到可以用這裡的電腦的！」璁瓏一把抓住滑鼠，「絕不能讓那三八賊偷走我的寶石！」

他們三人放學後便跑到綜合大樓。雖然前門有梁姨守著，但他們謊稱自己是儀態美學社的社員，葉珥德叫他們來拿東西，便在梁姨半信半疑的注視下，進入了社團教室。

當然，門是上鎖的。但墨里斯有辦法打開任何鎖，雖然開了之後就永遠關不上了。

「……我要看新連載的文章……」希茉小聲要求，「一下就好……」

「妳排最後！都是因為妳，害我們不能用圖書館的電腦！」

「璁瓏還不是亂點垃圾信件，害學校電腦中毒……」

「先連上網路電視！我要看重播的『管教惡貓』！」墨里斯霸氣一推，將兩人排開到兩旁，精碩的身軀逕自坐入電腦前的位置。

「你也欠管教……」

「你有意見？」墨里斯按了按滑鼠，視窗顯示著連線失敗，「搞什麼鬼?!」

「怎麼會連線失敗？剛才明明還好好的——」

轉過頭，只見希茉坐到角落，開啟自己的筆電，原本連接在社團電腦上的網路線，早已接到她的筆電上。

「希茉！」兩人同時大喊。希茉的雙眼直勾勾地盯著螢幕，咧起滿足的笑容。

「啪！」

教室裡的主燈忽地被點亮，將三名不速之客的身影照得無所遁形。

「汝輩宵小！何故在此！」葉珥德的斥喝聲從門邊傳來。

璁瓏惱羞地轉頭抱怨，「反正你這裡又沒有社員，進來一下又不會怎樣！」

「非我社員，不得入內！」葉珥德嚴聲斥責，接著聲調轉為帶著誘拐意味的溫和，「當然，若爾等願意歸入本社，自然是萬分歡迎……」

「不用，我們只是想用這裡的電和網路而已。」墨里斯老實開口。

「放肆！」葉珥德望向一直坐在角落默默上網、無視他怒吼的希茉，瞪大了眼，「女流之輩，竟觀看如此淫浪邪穢之物，妳——我的天啊！他放了什麼進去！」

葉珥德愣愣，不可置信地瞪著希茉的筆電，下巴都快掉下來了。

「你忘了說文言文。」璁瓏偷笑著提醒。

「……老師，要一起看嗎？」希茉鼓起勇氣大方邀請。畢竟有老師撐腰的話，以後就能常來光顧了。

葉珥德回神，惱怒地轉頭對著走廊大吼，「梁姨！這裡有學生擅闖！」

聽見指示的梁姨，發出一聲如落雷般的驚人獸吼。三名入侵者趕緊起身，匆匆逃離。臨走前還不忘逞口舌之快，一吐怨氣。

「小氣！」

「這裡永遠不會有社員想加入的！」

「梁姨！將這廝鞭數十，驅之別院！」

夜色濃如墨。新月夜，微弱的月光將隨風飄遊的薄雲染上銀灰。地面上的影子彷彿也隨著稀薄的雲影流捲潺湲。

影子確實在動。一抹比夜影更加濃稠純粹的黑染雜在其中，肉眼難以辨識，在影與影之中迸射穿梭，有如離弓之矢。

寄存在影中的孤高人影，穿越了街道巷弄，穿越川橋，穿越市鎮。移動的同時，感知著影子呢喃的訊息。

東南方……嗜人血肉的墮落同類……

影中之影轉向，朝著郊外前進。

荒鄉道路旁，有臺車停在路邊草叢間，車體扭曲，看得出經過高速暴衝，而讓車子停下的是車頭前方歪斜的樹。

酒精味，汽油味，血腥味，內臟破裂的肉味。看起來就像是一樁因酒駕而發生的憾事。

但，除了這些，還有妖魔的氣味。

駕駛座上的女子渾身是血，雙手卡在方向盤上，全身骨折，但離死亡還有一步之距。

一名穿著昂貴服飾、留著時髦髮型的男子正站在車旁，透過破裂的車窗向內探視。

但他不是在救援，而是在進食。他的手覆上女子的臉，一口深褐色的血從她口裡流出，他低咒了聲。接著，鵝黃色的光帶伴隨著血從口中流洩，他抓住那道光帶，用力扯下，然後伸出舌，將光帶放在舌間，緩緩咀嚼，品嘗著瀕死靈魂的滋味。俊美的容顏扭曲為醜惡獸顏。

女子喉間傳來一陣低嗚，徹底死了。

男人發出饕客享用美食的讚嘆聲，拿起女子身旁破爛的名牌包，拿出名貴的皮夾，抽出裡頭的現金和提款卡。

他的動作非常熟練，絲毫沒發現自己身後的影子緩緩立起。直到冰冷的薄刃貼上咽喉，他才驚惶地察覺另一人的存在。

「是誰?!」

男子在出聲的同時，手臂化為鐮刀般的蟲足，向後鉤刺，但是身後的影子輕輕劃下，他的整條手臂便像落葉一般掉落。

「啊——」淒厲的叫聲響起，然而身後的人並不是有耐心周旋的人，他直接以另一波攻擊來阻斷叫聲。

男子的雙足被從地面直立刺起的影子貫穿。更加強烈的劇痛傳來，但求生本能告訴他，再不安靜會有更痛苦的事發生。

是誰？滅魔師？他的行蹤一向謹慎，偽裝無懈可擊，所選的每一個獵物都經過長時間的觀察，直到確定對方不是協會或召喚師設下的誘餌才下手。他甚至布下了方圓一公里的結界，只要有人類接近就會發動警報，他會立即逃離，就算來者只是一般的人類，他也不冒任何險，絕不留下線索和蹤跡。這就是他能在人界存留二十年不被抓到的祕訣。

但，為什麼——

為什麼今晚一切防備全部失效？這人是誰?!

「你很聰明，一下子就進入狀況，很好。」冰冷的嗓音自他身後傳來，「不要多話。接下來我問，你答。明白？」

男子雖然有許多猶豫與不安，但仍點頭，他知道當下順從是上策。

冰冷的嗓音開始提問，「你是否知道戴著黑色面具的滅魔師？」

「滅魔師？當然不知道！看到滅魔師的妖魔都死了，我怎麼可能有他們的消息？」他說著虛假的答案。

雖然不懂對方為何這樣問，但他不打算讓別人知道他的底細。既然對方詢問滅魔師的下落，那麼顯然不是協會的人馬，那就沒什麼好怕的……

話語方落，釘在腳板上的尖錐向上延伸，轉折，刺入了他的大腿。

「唔！」

「你還有一次機會……」帶有威嚇意味的冷淡音調，輕輕說著，「青眼的妖魔說你是個貪生怕死的傢伙，所以到處搜集有關召喚師和滅魔師的資料，只為了更有效率地躲避他們。」

男子低咒一聲。他就知道，那些沒用的同類遲早會扯他後腿！

「……一個多月前，我認識的妖魔死了，他住在紐約，我的線人搜集他所經之處的監視影像，其中一支監視器拍到了那個滅魔師的身影，但很模糊，而且只有背面。」

「交出來。」冰冷的語調不容置喙地下令。

「那種東西我怎麼可能會帶在身上——」

「像你這樣苟且偷安、隨時都有逃亡打算的人，不可能讓重要物品離開身邊。」

男子再度低咒，乖乖開口，「項鍊的墜飾是隨身碟……」

接著，他感覺脖子晃過一陣涼風，頸上的鋼鍊被切斷，墜飾被取走。

冰冷的聲音再度響起，「你是否知道異色眼烏鴉的事？」

「我不知道……」男子賭氣回答。「忘了。」

「……這不是明智之舉。」

刺在男子腿上的尖錐緩緩顫動，即將發動下一波攻擊。

一旁的車廂中，手機鈴聲忽地響起。抵在頸旁的薄刃微微顫動，一瞬間的分神。

趁這千鈞一髮，男子自斷雙腿，背後張出昆蟲般的透明薄翅，翅膀高速振動，一下子將衰殘的身子帶往高空。

雖然損傷慘重，但肢體還會再生，失去一雙腿不算什麼——

一陣雷電劃空而落，正中空中的人影，有如巨蟲的身軀失速墜落。

男子一面在地上痛苦呻吟，一面驚恐地看著眼前朝他緩緩逼近的人。

「這、這是妖魔的咒語……」男子錯愕不解地看著眼前的人，「你是妖魔？」

「最後一個問題，」腳步在男子面前停下，紫色的眼眸因月光而流轉著妖異的光彩，「你是否知道我是誰？」

男子恍然。

紫色的眼眸，能操控影子和雷電的妖魔?!

「你是那個小皇子的——」

「可惜。」刀光閃動，男子在意識到自己被攻擊之前，已身首異處，「這一題，你最不該知道答案。」

妖魔的屍體和血散落在地，接著像落入泥沼般，緩緩沉沒在影子裡，沒留下任何痕跡。

刀刃收起。正要轉身離去時，濃烈的血味被夜風帶到他的面前。

冰冷的紫眸望向車內，看著那鮮血淋漓的死者，他喉頭一緊。

連夜的搜索，耗費了不少體力。這是第五個流亡者。一方面得隱藏氣息，一方面必須大範圍搜尋追蹤流亡者的妖氣，這樣的行動已經持續一個多月。加入影校後導致搜索時間縮短不少，一度讓他進度落後。

他走向車，將手伸入窗內，蒼白的指尖沾了些粉頸旁的血液。

紫眸盯著指尖的血液。

不曉得為何，他突然覺得這血索然無味，還沒嘗到，就感到這血對他毫無吸引力，只是個食之無味的存在。

他的舌與喉，渴望的是另一種更加甘美溫潤的……

他以為所有人類的血都一樣，但看來並非如此。

但，是真的不一樣，還是他自己覺得有所不同？

……出於某些愚蠢的原因，讓他感到不同……

他蹙眉。

指尖的鮮血在燥熱的夏夜裡一下子就硬化乾涸，他將之搓去，就如同心裡那莫名的矛盾一般，拋下、無視。潛入夜影之中，離去。

週六的商店街一早就人潮不斷。

契妖們從來沒打過工，封平瀾也是。他們應徵到兩份工作，分別是在西式簡餐店和服飾店。

六個人把班表集中在週六和週日，一天工作十小時，並負責開店和關店。照理說很少有人這樣排班，但百嘹下了一點小暗示，輕鬆過關。

怎麼會一口氣排六個新人啊……簡餐店店長一邊在心裡抱怨，一邊看著眼前六名新人。

除了那個總是低著頭的內向少女和那一臉憨笑的傻小子，其他四人倒是挺養眼的。他思考了一下，很快就分派好工作。

封平瀾站收銀檯，百嘹、希茉擔任外場人員，墨里斯、璁瓏在內場幫忙，冬犽則是負責清潔工作。原本冬犽是被排去外場接待客人的，但他極度渴望清潔工作，再三請求，店長只好勉強讓他負責洗盤子及清掃廁所。

店門開啟，門上的風鈴傳來清脆的聲響，告知客人的到來。

「歡、歡迎光臨……」希茉緊張地開口，捧著菜單低著頭走向客人。「請、請跟我來……」接著唯唯諾諾地記下點餐，跑回廚房報告。

「新來的，聲音要更大一點！」店長指正。

「嗯！我會的……」希茉低著頭，走回收銀檯邊待命。

「別緊張，今天才第一天，會越來越熟練的！」封平瀾替希茉打氣，「第一次打工有什麼期待的事嗎？」

希茉偏頭想了一下，「……我看過一本書，裡頭描寫一個科技新貴和價值觀不合的女友在咖啡廳裡分手，然後對不小心把茶潑了他一身的女服務生心動……」

「喔喔喔！我知道！然後被熱茶燙傷下體的科技新貴排尿和某些私密娛樂無法自理，便以此為由要求女服務生照顧他如廁起居，直到他所有的生理機能復原為止，對不對！」

希茉皺了皺眉，「……不太一樣……」她思考了一下，忽地揚起笑容，「但是好像也不錯……」她從口袋裡掏出一個手掌大的小筆記本，轉過身在上面振筆疾書，邊寫邊點頭。

「妳在寫什麼呀？可以借我看嗎？」封平瀾探過身，半掛在櫃檯上，好奇地開口。

希茉搖了搖頭，快速把本子收起。

「新人別聊天！專心！」經過的店長訓斥。

「喔！是！」封平瀾趕緊縮回原位，立正站好。

百嘹的態度雖然略微輕浮，但是不管男客女客都非常吃他那套，在他邪氣又燦爛的笑顏下乖乖臣服，而且點了超出原本預定的餐點量。

廚房裡，璁瓏在大廚的指示下，幫忙做些簡單的備料和擺盤工作，墨里斯強勁的手勁在切剁冷凍肉品時有傑出的表現。冬犽把廁所清掃擦拭到幾乎可以在馬桶裡洗臉，拿小便斗當飲水機。

一切看起來都非常穩當。直到近午，人潮開始變多的時候。

首先出狀況的是廚房。

「鮮奶怎麼沒了？」當廚師正要烹煮奶油燉飯時，赫然發現早上才補貨的整桶鮮奶竟然已罄空。

「噢，我剛有點渴，就喝掉了。」璁瓏承認。

廚師瞪大了眼，「你一個人喝掉整桶?!」

「當然，我可不會浪費食物。」璁瓏理直氣壯地說著，「對了，你們的鮮奶味道怪怪的，很不鮮也不純，感覺是假奶。」

「你最好是喝得出來！誰准你喝了！」

「工作條件裡寫會提供員工餐點啊。」

「那是指便當！哪有人把牛奶當成正餐！」

「噢，幸好我先喝了牛奶，我是不能吃便當的，買來也是浪費。」

「那些事去和店長說明！」廚師怒吼，「總之，不准擅自吃廚房裡的食材！還有，去倉庫拿新的鮮奶過來。」

「喔，知道了。」人類的廚師脾氣真暴躁。

廚師看了眼把餐盤洗淨擦得光可鑑人的冬犽，「白毛的那個，你和他交換工作，你來幫忙料理！」

「你如果不希望這間店上社會版新聞，最好不要……」墨里斯低聲警告。

廚師沒把這話放在心上，恰巧店長經過，他便提出調動工作的要求。

「讓他去外場幫忙吧，那個女孩太內向了，完全不行。」

於是，璁瓏換上了外場服務生的制服，拿著菜單，開始招待接客。

「要點餐了嗎？」璁瓏站在一張餐桌旁，詢問正高談闊論、嬉笑不止的三名女客，語調些許不耐煩。

這是他第二次來詢問，上一次詢問是在十五分鐘前，得到的答案是等一下。

坐在桌邊的三個年輕女子看了璁瓏一眼，「還沒，再等我們一下。」

接著，翻動早已攤開在桌面的菜單，指指點點。

「這個好像不錯耶！但焗烤吃完會暴肥。」女子苦惱地嘟嘴，「我最近又變胖了。」

「哪會呀！Vivi 妳一直都很瘦好不好！排骨精！我才胖呢！」另一名女子笑著附和。

「兩位大正妹別再說這種嫉妒死人的話可以嗎？」第三位女子故作感慨地舉起手投降。

「妳才是正妹吧！隔壁組的 David 和 Andy 一直在問妳的事呢，萬人迷喔！」

三個女人言不由衷地自我貶低，互相吹捧恭維，然後喜不自勝地嬌笑成一團。

「要點餐了嗎？」璁瓏再次詢問。超煩人……

「噢。」女子低下頭，「這個天使麵不錯，嗯，可是人家也想吃燉飯。」

「服務生，這個白醬魚排是用什麼做的？」

「它都叫魚排了，總不會是用牛做的。」

女子翻了翻白眼，「我的意思是，食材是什麼魚？」

璁瓏停頓了一下，思考方才在內場準備食材的場景。「是鱈魚。」

「鱈魚喔？」女子嘟唇，「那肉質新不新鮮啊？」

瑯瓏皺眉，「……看起來是沒死很久。」

三名女子低頭窸窸窣窣地討論了一陣，瑯瓏很想離開，但他擔心一離開，等會兒回來又要重頭開始。

「你們的鱈魚是從哪來的？」

「……我想陸地上沒有鱈魚。」

「我是問海域！」女子再度翻白眼，彷彿瑯瓏是個荒山裡來的鄉巴佬，「有些海域有汙染的問題，我可不想吃到被汙染的魚肉。」

「就算有汙染，那也是人類搞的。自己弄髒的東西自己吃掉很合理啊。」煩死了，這群人類怎麼這麼麻煩？「妳們打算用刪去法來決定餐點嗎？這樣的話我建議妳把所有加奶的食物刪掉，鮮奶的味道不是很好。」

「你怎麼這樣啊？小弟，態度要注意一下喔。」

瑯瓏不悅到極點，「我不是小弟，妳們也不是正妹。」

女子發出天崩地裂的尖銳抱怨聲，喚來了店長，滔滔不絕地數落瑯瓏一番。

店長好說歹說，安撫完客人之後，把瑯瓏叫去唸了一頓，然後再三叮嚀員工須知，最後才放瑯瓏回工作崗位上。

「您好，歡迎光臨，請問您要點些什麼？」璁瓏揚著僵硬的笑容，生硬地詢問剛來的客人。

「你們店外貼著新品廣告，為什麼菜單上沒有？」客人咄咄逼人地質問。

「您好，下星期一才開始販賣新品喔。」

「為什麼現在不能提供？」客人再度追問。

璁瓏不解，「因為今天是星期六。」

「我問的是，為什麼等到下星期一才賣？」客人拿起菜單，往桌面不客氣地拍了兩下，「既然下星期才賣，為什麼這星期就張貼公告？我朋友原本約我去別間餐廳，但我為了這道菜特地過來，結果竟然沒賣？你是在整我嗎！」

璁瓏撐著臉上的笑容，嘴角有點扭曲，但他還是照著指示客氣地回答。

「您好，廣告上標示了販售時間是下星期一。您的朋友一定很慶幸您沒有赴約。我沒有在整您。謝謝。」

客人咆哮，正要拍桌起身把事鬧大時，忽地整個人一僵，隨即癱趴在桌上。

「別害我們被扣薪水吶……」百喙笑著經過，低聲提醒。

「你對他做了什麼？」璁瓏看著動也不動的客人，赫然發現對方頸上有根細如髮絲的金色短針。

「讓他稍微睡一下。」百嘹笑了笑，「從電視上的動畫學來的，呵呵呵。」

「……謝了。」璁瓏鬆口氣，低頭思考了一下，「我覺得這樣不行，我們耗費太多時間在那些精神或智力有問題的人類身上。」像是剛剛的三八集團和這個失控先生，就浪費掉他將近半小時，導致其他客人的點餐和上菜延遲。

「所以？」

「我認為應該要在店外設一個關卡，所有想進店消費的客人都得先做智力測驗，太低的人不准進入。」

百嘹揚起深深的笑靨，「這個點子非常棒，我期待看見成果。」

當店長發現外場人員失蹤，只剩封平瀾一人在撐場時，已經是二十分鐘後的事了。

「璁瓏和百嘹呢？」

「璁瓏在外面接客，百嘹在陪客人聊天。」

「什麼？」

店長環顧店內一圈，發現百嘹正坐在一桌貴婦集團中，與少婦們談笑風生，他的眼睛被女用絲絹領巾給矇著，貴婦太太們搶著要餵他吃馬卡龍。

「猜猜現在是誰？」少婦捏著馬卡龍遞到百嘹嘴前，身後的同伴笑嘻嘻地詢問。

他握住面前的柔荑，一口咬掉指尖捏著的馬卡龍，接著輕舔一下對方的指尖。「這麼軟的手，無庸置疑，一定是LENA姐。」

嬌笑聲接連爆起。

「這裡不是牛郎店啊！」店長立即衝上前制止。百嘹在眾女離情依依、百般不捨之下離開。

店長接著衝到外頭去找尋璁瓏。

店外騎樓排了一列人，每個人都拿著張考卷，低頭苦思書寫。璁瓏在門邊放了張折疊桌，寫完的人來繳交考卷，接著進行第二關的面試。

「你的筆試成績不錯，答對率九成三。第七題我覺得你錯得很粗心，題目是問你某限量商品若是三月一日上市，那麼在下列哪個時段來店可以消費此商品，你選了三月一號晚上十點，忘了考慮營業時間只到晚上九點，算是技術性錯誤。」璁瓏拿著紅筆在上頭打了個分數，遞還給對方。「這是你的考卷。」

「噢……」男子收下考卷。

「錯了！」璁瓏忽地大喊，「你剛才沒有說謝謝！基本禮儀占百分之五十，很抱歉，你不合格。請三個小時後再來補考。」

「真是莫名其妙……」男子碎唸幾聲轉身離去。

店長連忙衝向璁瓏，「你在幹什麼?!」

「幫你們篩選客人。」璁瓏理直氣壯地回答，「以道德水平和智力為標準，汰去無禮無知又自我中心的客人，店內的水平會提升，也能節省無意義的人力浪費。」

「只有顧客能挑選店家，店家無權選擇客人！顧客至上！」

「為什麼？這太不合理了吧？」

「你——」店長原本要訓斥璁瓏一番，但此時餐廳內傳來濃烈的怪味道，「你給我把東西撤掉！帶客人進店！」交代完，匆匆跑回廚房。

濃煙和詭異的味道充斥著整個空間，來自一鍋顏色複雜、有如女巫毒藥的濃濁物體。

「這是怎麼一回事……」

「這三張單子上寫著甜點、濃湯、主餐一起上。」冬犽解釋，「我正在準備，全都在鍋子裡了。」

「那是指同時端上去，不是叫你煮成一鍋！」

店長左右張望，不見廚師人影，整個廚房只有墨里斯和冬犽，還有抱著酒瓶、一臉鬼鬼祟祟的希茉，「大廚呢?!」

「他試吃完冬犽做的菜之後，吐了些白沫便不省人事，另一個廚師開車送他去醫院了。」墨里斯回答。

他的手上拿著個小碗，裡面是切碎的高級鮪魚肉。牆角有個一模一樣的小碗，裡面放著的是雞胸肉，有隻肥胖的花貓正蹲在那狂嚼。

店長突然覺得一陣天旋地轉。

十分鐘後，咖啡廳無預警宣布本日提早休店。

二十分鐘後，六名新人被告知明天不用來上班，未來也不用上班了。

六人站在路口，打開薄得讓人感覺不到存在的薪俸袋。

扣除店內損失，六個人忙了一早上的收入是：三百四十六元。

看著薪水袋裡微薄的零錢，除了百嘹，眾人一片消沉。

「沒關係啦，至少有收入哈哈哈！」封平瀾鼓舞著士氣，「我們先去另一間店報到吧！早點習慣工作，明天正式上工就不用擔心出錯了。而且服飾店不用帶位也不用上菜，應該簡單很多！」

眾人重振士氣，前往另一個打工的地點，隔一條街區的服飾店。

兩小時後，同樣的情景在路口上演。

希茉把人形模特兒換上新裝的同時，也幫它們擺了新姿勢，整個櫥窗有如浮世繪兼八點檔的靜態定格畫面，其畫名為「多情總裁俏祕書辦公室偷歡巧遇苦情總裁未婚妻與浪經理偷腥」。

百喙依舊工作到一半時失蹤，當眾人正找不著人時，他風度翩翩地與一名美豔女客從更衣室走出，她身上穿著的是店裡的新款襯衫，釦子從第一顆一路扣錯到底。

冬犽擅自把客人試穿過的衣服拿去洗燙，雖然動作迅速到無縫接軌，但那變得過分筆挺還被上了漿的衣料很快就洩了底。

墨里斯在制止小孩把架上新衣一件件弄到地上當抹布玩時，和怪獸家長槓上。

「停止那樣做，你的家長呢？」

小孩開始尖叫，放聲大哭。

「你幹嘛欺負我的小孩?!」一名無視試穿規定，手上拿著七、八件衣物的胖婦人，一邊叫嚷一邊從更衣室跑出。

「我沒欺負他！」墨里斯回吼，「他把一整排衣服推到地上！」

「弄到地上又怎樣？店員就是要負責收！這是你的責任！」

「妳根本不可理喻——」

「你這是什麼態度?!我要客訴！大家快來看啊！這間店的店員欺負小孩和女姓啊！」

婦人開始大呼小叫，小孩也非常配合地尖叫哭喊。

「妳別胡說——」

忽地，母子聲音驟止，兩人瞪大了眼，雙腿一軟，向下跌坐。

墨里斯發現兩人的頸後有金色細針，抬頭，看見百嘹笑呵呵地拿著一塊布走過來，接著雙手一抖，布匹罩住那對母子，看起來就像是堆放在角落的雜物。

「下班前再處理吧。」百嘹笑著開口。「你欠我一次，呵呵呵。」

「多事……」墨里斯重哼一聲，瞥了百嘹一眼，「你脖子上有口紅印。」

「噢，謝了。」百嘹神色自若地用手指抹去。

璁瓏和封平瀾則犯了一樣的錯誤——

「我覺得這衣服樣式不錯，但條紋好像容易顯胖，你覺得我適合嗎？」一名身材中廣的男子穿著件條紋T恤，站在穿衣鏡前，不太確定地詢問璁瓏。

「當然，它非常很適合你。」璁瓏侃侃而答，「你肚子上的皺摺剛好和衣服紋路巧妙地結合在一起，沒人會發現那是肉。」

一名中學少女繞了店內一圈之後，靦腆地走向看起來人畜無害的封平瀾，「我想要買穿去約會的衣服，請問有什麼建議嗎？像你這個年齡的男生會喜歡女孩子穿什麼樣的衣服去約會？」

「男生喜歡什麼衣服呀？……」封平瀾偏頭想了一下，他對戀愛沒什麼概念，唯一的參考對象只有白理睿，「其實穿什麼都沒差啦，男生只在意衣服底下的東西呀，哈哈哈！」

沒多久，六人再度被告知明天不用上班，未來也不用上班了。

因為明天才是正式上班日，今天是他們擅自提早上工，所以，工資是零元。

一行人站在路口，看著來往的車流和人潮，一時間不知該往何處去。

「人界比我們想像得複雜呢。」冬犽淺笑，「讓我想起了還是棄民時的日子。」但仍然有差別。

棄民地位低下，受到無理對待，但基本上是自由的；人類看似自由，卻活在枷鎖之中，互相限制，彼此折磨。

「……要去應徵新工作嗎？」希茉輕聲詢問。「還是要回家？」

「總裁有什麼特徵？」墨里斯開始自暴自棄，「我們直接跳過前面的步驟，把他擄回家，叫他給我們錢！」

「別太快放棄嘛，那邊還有飲料店，我們再去試試吧。」

「噢，我已經賺夠了，如果沒事的話我想先走啦。」百嘹笑呵呵地開口。

「你哪來的錢？」

「我的朋友對我很慷慨。」百嘹笑答，「今天的新朋友都搶著請我吃飯呢。」他參與今天的行程純粹是想看笑話。現在已經看夠了，可以收手。

封平瀾正打算勸留時，馬路上一臺粉色的車子經過，抓住了他的目光。

「啊！」封平瀾眼睛一亮，彷彿發現浮木的溺水者，「有希望了！快！快點跟著車子走！」

粉紅色的廂型車在車道奔馳，封平瀾和契妖在後方追趕。汽車的車速對契妖而言不成問題，但封平瀾得拚命邁動自己的腳，才勉強跟在隊伍尾端。

跑了一段路之後，封平瀾臉色漲紅，汗如雨下。但他沒有抱怨，使勁地跟在後面。正因為沒發出抱怨，前方的契妖們一時忘了他只是個人類。

墨里斯在轉彎時，發現路旁的凸面鏡照映出他身後跟著一個落魄的人影，瘦弱的人影正卯足全力、搖搖晃晃地跟著隊伍。

他愣了愣，轉頭看向狼狽不堪的封平瀾，皺了皺眉。

「麻煩的人類……」他不耐煩地叱聲。

長臂一伸，墨里斯一把將封平瀾攔腰撈起，像是夾著公事包一般帶著走。

「謝……謝謝……啊……哈哈咳嘔……」

「你還是閉嘴吧！」

「喔……」封平瀾安靜了片刻，再度開口，「我、我……我好像古裝劇裡的良家婦女……要被山大王擄去當、當壓寨夫人……哈哈……咳咳！」

「閉嘴！不然我把你扔進快車道！」要是放任封平瀾說蠢話，他可能會失手掐死對方。

但封平瀾無視威脅，腦補出更多戲碼。「呀呀！大王不要！尚未拜堂，豈能洞房，哈哈哈哈哈哈！」

同行的希茉在旁邊默默點頭如搗蒜，彷彿很受啟發，拿出小本子一邊跑一邊振筆疾書。

山賊。民女。強行洞房。很不錯的發展。

墨里斯想把封平瀾丟下，但一低頭卻看見他那因方才在烈日下奔跑而曬得通紅的臉、汗水淋漓的頸子。

那麼弱小的生物，哪來的勇氣敢與妖魔為伍、和召喚師打交道？單純因為太過天真、太過愚笨嗎？

封平瀾轉頭，發現墨里斯在看他，咧嘴一笑，然後三八地拋了個媚眼。

墨里斯嫌惡地抱怨了聲，甩甩手腕，把封平瀾的臉強制轉向地面。

算了……

粉紅色的小貨車穿過大街小巷，最後停在巷弄一隅某間店面的正前方。

店門上方是一塊長方形桃紅色招牌，周圍 LED 燈閃爍著繽紛光彩，招牌正中央以可愛的少女體字體寫著「粉紅肉球」，旁邊還附著一隻正在舔嘴的幼貓。

墨里斯瞪大了眼，失神地盯著招牌，接著目光移到店家的落地窗上。

寬敞的落地窗後堆滿各色罐頭、飼料，以及數格展示櫥窗，櫥窗裡躺著不同花色的貓兒。午後時分，每隻貓都懶洋洋地靠在玻璃邊，享受著溫暖的陽光。

墨里斯的心臟被猛力重擊，一瞬間差點窒息。「這是……什麼地方……」

「寵物用品店呀。」封平瀾看著一臉凝重的墨里斯，「你不是買過飼料？」

「那是在大賣場買的……」賣場裡有飼料，還有養育寵物的各種用品，但是沒有貓。

「怎麼有畜牲在裡頭？」璁瓏看著櫥窗裡的貓，「這是畜牧場嗎？但裡頭的畜隻感覺沒什麼肉——啊唷！」話語未落，腦門就被墨里斯重重敲了一記。

「這一點也不好笑。」墨里斯陰狠地開口，「那不是肉畜，你這白痴。」

一行人走向店家，推開厚重的玻璃門扉。

一踏入店內，熟悉的迎客聲響起。「歡迎光臨——」漾著營業用笑容的臉，在看見來者時瞬間僵硬。

「嗨，班長，午安呀！」封平瀾笑著揮手。

柳浥晨皺起眉，她非常不習慣被人看見自己工作時的樣子。

「你們來幹嘛？」柳浥晨不客氣地詢問，「不是去打工？第一天就蹺班啊？」

「啊呀，實不相瞞，打工的時候出了一點問題，所以……」

「被開除了？」柳浥晨哼了聲，「不意外。」

妖魔的自尊很強，只對自己認可的對象效忠示好，對於一般人根本毫無耐心，怎麼可能任人使喚，甚至忍受少數奧客的無理取鬧？

「嗯，是啊。」封平瀾不好意思地抓抓頭，「所以我想——」

「我們不缺人。」

「這樣喔……」封平瀾看起來略微沮喪。

柳浥晨皺了皺眉，沉默片刻，最後無奈地開口。「短期的話可以。」她絕對會為現在做出的承諾後悔。但直接拒絕的話，會讓她感到更後悔。「在找到新工作之前，你們可以來店裡幫忙。但我先聲明，工資不多，畢竟店裡不缺人手。」

「噢噢噢！謝謝班長！」

柳浥晨走出櫃檯，封平瀾才看清楚她身上穿的衣服。黑色T恤上印著大大的虎斑幼貓舔嘴圖樣，圖下印著PMB三個字母。

「葉珥德！」柳浥晨對著店鋪內側大喊。

兩秒後，梳著中規中矩髮型的頎長人影從後方貨架中出現。

「千金閨秀談吐應婉約如燕語，不宜作河東獅吼。」葉珥德看見封平瀾一行人時愣了愣，「稀客！何故前來？」

葉珥德穿著和柳浥晨一樣的上衣，讓封平瀾他們感到非常新奇，他們第一次看見葉珥德穿著西裝以外的衣服。

「怎麼連你也穿著這麼可笑的衣服？」璁瓏嘲笑。「看起來很蠢——啊唷！」話語未落，腦袋又被敲了一記。

「一點也不可笑，你才蠢！」墨里斯嚴聲斥責。

璁瓏一臉莫名其妙看著墨里斯，哼了一聲，站離墨里斯遠一點。

「他們來短期打工。麻煩你到倉庫拿制服，然後帶他們了解店內狀況。」柳浥晨交代葉珥德，「不要有意見，我知道自己在做什麼。」

葉珥德挑了挑眉，沒多說什麼，執行柳浥晨交代的事。

「為什麼是這個圖案？我不喜歡黑色，也不喜歡貓。」璁瓏拿到制服後抱怨。

墨里斯握了握拳，指節發出喀啦喀啦的聲響。璁瓏立刻閉嘴換上。

「PMB是什麼呀？」封平瀾好奇發問。

「PINK MEAT BALL。粉紅肉球的縮寫。」

「酷耶！」

換上制服後，柳浥晨和葉珥德帶著一行人，簡單地介紹店內環境以及工作項目。

「平常不會很忙，但今天剛好是進貨日，等一下得把飼料和貓砂搬到倉庫裡存放。水族區的水會定期更換，目前不用管它，只要記得餵飼料和撈撈魚糞就好。店裡寵物美容的部分主要是清洗、剪毛和修剪指甲。另外貓砂盆每天鏟兩次，飼料是一天餵三次。你們負責的工作以室內清潔、上貨和餵食為主，其他事情有必要時才會找你們來幫忙。明白了嗎？」

眾人點頭，只有墨里斯心不在焉地往店外的方向望去。

「你如果不想做的話沒人強迫你。」柳浥晨以為墨里斯想離開，直截把話挑明。

墨里斯回過頭看著柳浥晨，眼中充滿各種羨慕嫉妒。

「妳……生活在天堂中………」十六隻，店裡竟然有十六隻貓！而且有的還在店裡自由行走！「那些全是商品？」

柳浥晨微愕，「我們店裡不賣活體，除了魚以外。大櫥窗裡的貓是路上撿來，專門給人認養的，個別小櫥窗裡是客人送來寄宿的。」

「認養？」

「如果是有工作能力、經濟基礎的成年人，都可以認養。」

墨里斯看著櫥窗裡慵懶癱睡成一團的小貓，轉過頭看向冬犽，「我可以——」

「不行。」冬犽溫柔地說著，但語調中沒有轉圜餘地，「我們沒有多餘的錢。而且，家裡已經有平瀾和海棠了。」

「但是——」

「不行。」冬犽再次否決，無庸置疑的語氣。

墨里斯低吼了聲，賭氣地不再開口，獨自前往倉庫搬運商品。

眾人各自分配到工作後，便開始著手。

璁瓏一馬當先地跑到水族區，倒了一堆飼料，然後雙手貼在水族箱前，目不轉睛地盯著裡頭的魚兒。封平瀾不知道要不要提醒璁瓏，水族箱裡的魚不會拉寶石。

冬犽負責整理環境，架上商品的積灰、地上的毛髮和貓砂碎屑，讓他清掃得非常愉快。希茉負責網路訂單和線上客服問答。

百嘹和封平瀾沒事做，和柳浥晨一起坐在櫃檯邊，等著客人上門。

「我什麼都不做可以嗎？」封平瀾不太放心地開口。

「你想做也沒事做，這裡本來就不缺人手。」柳浥晨一邊看著英文單字卡，一邊回答，「而且薪水很低，你們六個人待到晚上十點只有三千元，附便當。所以你也不用在意太多。」

「三千元很不錯，比我們早上賺的錢多了將近三十倍呢！」

柳浥晨抬頭看了封平瀾一眼，「你們這麼缺錢？」

「沒辦法，大家破壞力太強大了嘛。」

「怎麼不找家人幫忙？」

封平瀾笑了笑，「啊呀，一直麻煩家人的話感覺很遜呢……」

「有骨氣。」柳浥晨讚賞地拍了拍封平瀾的肩，「我從沒看過召喚師帶著契妖去打工，沒想到你竟然勸得動契妖配合你。」

「我純粹是去看笑話的，我可從不缺錢。」說完，百嘹繼續低下頭滑手機。那是最新的型號，上市不到一週。當然，不是他自己出錢。

「班長妳還不是帶著葉珥德在這裡工作？妳也很厲害呢！」

柳浥晨沒好氣地翻了翻白眼，「這是我爸的店，他和我媽跑去逍遙，所以我不得不接手處理。我的學費和生活費全由店裡的營收支付，連擺爛的機會也沒有。」平白多了一個重擔，造成她不小的負擔。

「是喔。」封平瀾點了點頭，「這代表他們很信任妳呀。」

柳浥晨微頓了一秒，皺著眉低頭嘀咕，「噢，嗯……才沒那回事……」

百嘹輕笑了聲，引來柳浥晨怒瞪。他悠哉地滑著手機，一點也沒把那帶著怒火的眼眸放在心上。

柳浥晨把注意轉回封平瀾身上，繼續開口，「你假日不用回老家嗎？」

「噢，我的家人不在國內啦。」

「我知道。」封平瀾曾向她提過，他的雙親其中一位身體不好，於是在國外工作的大哥便把兩人接走，在外地接受更好的治療和生活環境。「總有其他親戚吧？」

封平瀾抓了抓頭，「我們家很少和其他親戚往來，而且我也不好意思打擾他們啦。」

百嘹瞥了封平瀾一眼。他聽得出來，對方的語調裡帶了點無奈與尷尬，似乎對這話題感到棘手。

似乎想逃避。

他很好奇，封平瀾這樣的奇葩是在什麼樣的環境下長大的，更好奇對方逃避這話題的原因。

「既然很少往來，哪會打擾？」柳浥晨抓到了封平瀾話語中的矛盾。

「噢，我之前住在親戚家附近，嬸嬸每天都會來照顧我，幫我準備便當還有處理一些生活瑣事。」他也不曉得是哪一方的親戚，只知道是嬸嬸。她每天幫他整理住屋，簽完聯絡簿就離開。「已經麻煩她三年多了，她應該看到我就煩了吧，哈哈哈。」

「所以你沒和任何親戚住一起？」柳浥晨有點訝異，「一個人住？」

「嬸嬸和我住得很近，才隔兩棟樓。這是靖嵐哥特別安排的，既可以請嬸嬸就近照顧，又不會因為住在別人家裡而給對方添太多麻煩。而且自己住超自由！想做什麼事都可以呢！」他開心地說著，彷彿這是一件令人稱羨的事。

「所以你三年前就獨立和六個契妖一起生活？」柳浥晨很訝異封平瀾那麼年少時就獨自和妖魔生活。

她猜測封靖嵐會這樣安排，是為了不讓外人發現契妖的存在。有些召喚師家族只有核心族人才知道家族祕辛，沒有特殊能力的族人或是遠房分家的人對此一無所知。

但她不知道，她的猜測是錯的。

一瞬間，封平瀾的笑容有些僵硬，但只有那麼一瞬。

「對呀！」他以更加開心的語調回應，「有自己的房間、電視和電腦，爸媽又不在，對國中生而言根本是樂園，哈哈哈哈！」

百嘹停止滑動手機，側眼望向封平瀾。

他們是兩個月前在這個城鎮相遇的。在此之前，封平瀾的生命他們並未參與。

如果連家人都不在，沒有任何親近的親友，那會是誰能陪在他身邊？

什麼人都沒有。

「你還頗自律的嘛。」柳浥晨由衷地稱讚，「獨自一人生活竟然沒有走上歧路，還考上特晉生榜首，不簡單。」

仗著能力為非作歹的召喚師不在少數，雖然協會管控嚴格，但總是有人無視規定。

「還好啦。」封平瀾不好意思地抓了抓頭。「而且，任性和叛逆要表現給在意的人看才有意義。」

金色的眼眸停駐在封平瀾的臉上，靜靜地看著、觀察著。

呵呵，他的運氣不錯。他喜歡有趣的東西，而封平瀾總是能在他快要不感興趣時勾起他的樂趣。

人類就是如此複雜。

最複雜之處，就是看起來簡單的東西其實複雜；看起來複雜又難纏的事物核心，卻又是那麼簡單。

真正的白看起來像黑，真正的黑卻被反射成一片亮白。

他愛死了這種矛盾又倒錯的意外感。

一股焦味從店內傳來，柳浥晨警覺地站起身，「失火了?!」她一個箭步衝出櫃檯，循著煙味前往起火點，卻在半路被璁瓏擋下。

「別擋路！」柳浥晨斥喝，但立即想起對方是水系妖魔，「過來幫忙！」

「等一下，我有要事想和妳談。我要認養魚。」

「魚不能認養！」她拉住璁瓏的手，往燒灼味的源頭奔去。

「是喔，那為什麼墨里斯可以拿？我也想要他拿的那隻，又大又漂亮，好像刀子一樣。」

「他拿魚？刀子？……靠！該不會是新獅皇龍魚吧?!」柳浥晨有不祥的預感。她加快腳步，最後在倉庫門前的角落找到了火源，找到了墨里斯，也找到了新獅皇龍魚。

「你在幹什麼?!」柳浥晨驚叫。

墨里斯驚惶地轉頭，彷彿做壞事被逮到的孩子。

是，他確實在做壞事。火是他召出的，他可以自由操控，沒有任何東西被燒燬，就連那躺在地上的皇龍魚也是，火候剛好，肉雖熟透卻保留了肉汁，金色的外皮被烤得酥脆焦黃。

而他的毛茸茸虎斑共犯，正窩在他的腳邊，爽快地大啗龍魚。

「我現在不想認養牠了。」璁瓏皺眉抱怨，「都是妳太慢……」

柳浥晨舉起手肘朝璁瓏肚子擊去，咬牙切齒地轉向墨里斯，「請你解釋……」

「呃，牠、牠餓了……」墨里斯有點結巴，但立即找回平時的理直氣壯，「牠一直看著那條魚對我叫，我為了讓牠安靜才出此下策。妳應該多放些飼料的。」

「牠胸前的贅肉多到都擠得出乳溝了！再不減少飯量遲早中風！」

「……我有烤熟……」

「誰管你有沒有烤熟啊！白痴！」柳浥晨瞪向慘案現場。肥胖的貓兒感覺到不對，夾著尾巴溜了。「那條魚要四萬元啊！該死！你竟然還拿店裡的商品來裝！你拿貓砂盆來裝魚?!」冷靜，柳浥晨，冷靜……

「因為……魚太大……」

「白痴！你這筋肉智障！」冷靜個屁！她直接抄起放在一旁的原木貓抓板，狠狠地往墨里斯頭上敲去。

墨里斯自知理虧，沒有擋也沒還手。「滿意了？」

「滿意個屁！」柳浥晨另一隻手抓起不鏽鋼鳥站架，往墨里斯身上招呼，左右開弓，雙刀流連環暴擊。

墨里斯本想任由她打到氣消，畢竟是他有錯在先。但柳浥晨的手勁出乎他意料地強，每一記攻擊既扎實又沉重，滿載怨恨與怒氣。

「喂！別太超過！」墨里斯伸手，擋掉接下來的攻擊。

「超你媽！」柳浥晨變換拳路，手腕轉了個彎，由下而上痛擊墨里斯的下巴，接著把手上的凶器重重地扔到地上。

她深吸幾口氣，穩住心跳，然後輕聲宣告，「你們今天的工資，得拿去抵皇龍魚和貓砂盆的錢。」

「喔。」墨里斯根本不以為意。

「你，」柳浥晨因連續暴擊而發紅的指尖，指向櫥窗，「立刻去清理貓砂，不然我會在你身上潑柑橘精油。」

墨里斯的臉瞬間變得和地上的死魚一樣。

所有的貓咪都討厭柑橘的味道，避之惟恐不及。

太邪惡了！

「快點！」柳浥晨催促。

墨里斯輕啐聲，「魔女……」

葉珥德出外送貨時，手機響起。他看了看螢幕，是殷肅霜打來的。

「狀況如何？」接起電話，殷肅霜直接詢問，彷彿早已知道封平瀾一行人的行程。

「尚在店中。」

「虧他們想得到要去你們那裡工作。」殷肅霜輕笑，「有什麼損壞嗎？」

「墨里斯烹煮皇龍魚餵食貓咪。此魚要價四萬。」葉珥德停頓了一下，「除此之外，表現尚可。」

「雖然老實，但他們是在浪費自己的才能。」那六名契妖是皇室的禁衛軍，他們的舞臺是在戰場，而非市場。「理事長有新指示。」

「時機已成熟？」

「演員備齊，序幕開啟。」

Chapter4

濕熱的嘴包裹住那帶著腥味的硬挺尖端——其實是手指流血

晚上，寵物用品店打烊。

今日不僅收入零，薪水全抵銷之後，還有三萬七的賠款。幸好柳浥晨不急著討，讓他們之後有錢再還。瞎忙一整天，沒有任何收穫，處境反而更糟。

就在這時，封平瀾接到了殷肅霜的來電。

「班導？」

「聽說你們今天過得很慘。」

「班導怎麼知道？你跟蹤我嗎？你這麼迷戀我嗎？既然愛我的話，就把家政教室的欠款一筆勾銷嘛。」

「……我不會給你錢，我給你們工作機會，報酬相當優沃的工作。」

「要做什麼呀？去南非開採血鑽石？還是去當新藥的白老鼠？啊！難道要我們穿著亮片裝陪董事長喝酒然後帶出場？班導，這個我可能做不來耶。」

「……」電話彼端沉默數秒，似乎在壓抑掛掉電話的衝動，「和召喚師有關。帶著你的契妖，明天十點行政大樓二樓會議室見。」

「全部都要去嗎？」封平瀾趕緊追問，「可是奎薩爾目前不在，我不曉得明早之前是否能聯絡得到他。」

「他明早會到的。」

假日時的校園，夜晚一片墨黑，只有零散的安全標示燈，將黑暗嵌上幾點青綠。

醫療中心。走道深處的辦公室隱隱傳來樂聲，婉轉的女聲操著華麗的唱腔，伴著古老的旋律，在室內盤旋悠揚。

房門忽地開啟。辦公室裡的人影頭也不抬，冷眸兀自看著面前的文件。當來訪者踏上走道彼端時他便察覺，但那不足以讓他分神留意。

「就算你假日來加班，也沒有加班費。」殷肅霜低聲開口。他望著辦公桌後的孤傲身影，桌面及矮櫃上堆疊著大量檔案夾，那是三大社團的檔案紀錄。

奎薩爾繼續翻閱著資料，沒理會。

「今晚不夜遊了？」

過去的每天晚上，奎薩爾都潛伏在影中巡視搜索，不只是這座城鎮，連其他城市都遍布著他的足跡。

奎薩爾彈指，身後的影子開始捲曲成圈，影圈像張嘴般吐出一隻單眼的黃色雀鳥。

他冷語，「所以你可以把這玩具收回……」

雀鳥飛向殷肅霜，降落在他的掌心，變成一張插著羽毛的符紙。

「我得感謝你幫我們清除了些小麻煩。」殷肅霜雙手環胸，睨著坐在位置上的奎薩爾，語氣裡卻絲毫沒有感謝意味，「但你還不夠低調。有風聲傳出，少數召喚師已經知道東方海島上有個攔路問話的妖魔，他們甚至給你一個封號，叫做『夜巷的斯芬克斯』。」

斯芬克斯是希臘神話裡的人面獅身獸，會對每一個擅闖迷宮的人類提出謎語，答錯者死。

這和奎薩爾這陣子在夜裡所做的事如出一轍。差別在於他狩獵的對象不是人類。

奎薩爾沒理會。在影校的勢力下行事，他早知道對方會查到自己的行蹤。

「滅魔師會隱藏自己的外貌，每個滅魔師都有好幾個偽裝和假身分。你抓到的只是其中一個幻影。」

奎薩爾抬頭，盯著殷肅霜。「說出你的目的吧。」

召喚師主動上門，並透露有關滅魔師的訊息，絕對不會是碰巧路過。

「要不要擔任影校直屬的偵察員？」殷肅霜也不拐彎抹角，「召喚師和妖魔在人界的數量太多了，協會鞭長莫及，因此開放不少未解任務讓機構以外的召喚師處理。理事長希望你們以影校名義去執行任務。」

「我不做人類的走狗。」

「當然，你們比走狗麻煩多了，要當我們的走狗還不夠格。」殷肅霜冷笑，「這不是強制的，就像賞金任務那樣自由參與。如果成功，你們可以拿走所有獎金，影校不抽半毛錢。」

奎薩爾沉默地聽著。

「不覺得挺棒的嗎?有賞金拿，又能趁機探到更多資訊。我聽說你的同伴們最近正為金錢所擾。」

奎薩爾眉頭微蹙。

那些傢伙太過沉迷人界的事物……

人界是容易讓各種生物墮落的地方。明明是最接近天堂、離至上神最近之處，卻充滿邪穢與汙濁，一不小心就會沉溺迷失。

但他不會迷失。他的目標一直只有雪勘。他的夢想就是將雪勘皇子扶上皇座，助他奪得帝國。

「為什麼要幫我們?」

「刀不磨會鏽。既然已經確定刀口不會朝向自己，能用的工具就盡量用。」殷肅霜看著奎薩爾，「這不算幫助，是互利。」

「……我們已經在同一條船上了?」

「是的，但船還沒開，方向未定，要捕的獵物也未明。」

「在你們的船啟程之前，或許我們已離開。」

「你怎麼確定你的主子還活著？」殷肅霜反問。

「我感覺得到他的存在。」奎薩爾的手不自覺地放到心口，掌心感受著那比夜風還微弱的波動，「另外，三皇子還留在人界，必定是為了追捕雪勘皇子，這也是有力的證據。」

殷肅霜輕吟，「或許，他留著是為了其他目的。」

奎薩爾臉色一沉，「……你知道些什麼？」

「不曉得。一切都還在觀察，一切都還只是假設。在情況未明朗之前，所有的假設都是空談。總之，我們是在同一條船上。在啟航之前，沒必要把船弄沉，是吧？」

奎薩爾不語，盯著殷肅霜，似乎仍有許多疑慮。

殷肅霜嘆了口氣。

「滅魔師的印記多半埋藏在面陽之處。印記未必是符咒，有時是一個符號或圖畫，在一般人眼裡看起來就像是隨手塗鴉，只有滅魔師才認得出那是自己的印記，知道圖樣的意義。」他輕笑，「這些情報，是否足以換取你的信任？」

奎薩爾緩緩起身，臉上仍是戒備猶豫的神情，但此刻，多了些肅殺之氣。

「關於滅魔師的相關資訊全是保密的，連召喚師都無法得知……為什麼你會知道？」

殷肅霜挑眉，「你覺得呢？」

「或許，你是滅魔師。」奎薩爾冷聲低語，「或許，十二年前封印我們的人就是你……」

腳邊的影子隱隱騷動，藏在其中的利劍蓄勢待發，只待主人呼喚，便會掀起一波腥風血雨。

殷肅霜苦笑，「不錯的推理。」眼神一變，深黑色的眼眸瞬間轉為熒藍。他彈指，由雀鳥化成的羽翎射向地面，瞬間爆起白色的魔法陣，將蠢動的影子壓制回地面。「不過還差得遠了。」

看著那妖異的發光藍眼及地上的魔法陣，奎薩爾嗅到熟悉的味道，同時明白了一件事。

殷肅霜不是滅魔師。

他是妖魔。

奎薩爾微微錯愕，沒料到竟有妖魔也能把妖氣隱藏得那麼徹底、那麼像人類。

「人界可比幽界複雜多了。在這裡待久了，會讓妖魔變得複雜。」像是知道奎薩爾的疑問，殷肅霜主動開口。「這是進化還是墮落，沒人知道。」

洋樓的四面被庭院環繞，向陽面正好是在正門那一側。

奎薩爾站在前庭，盯著植滿花草的院子。嬌豔的花朵，與整齊的草坪，那是冬犽細心照料的成果。

他可以操控影子和雷電，直接將整片土掘翻而起，省事且俐落，但上頭的花草必毀無疑。

嘖……

奎薩爾眉頭微微皺起，遲疑了片刻。

他伸出手，月光在地面上照映出影子，蒼白的手動了動，地面的手影跟著動作，接著扭曲、擴散、延展，滲透土下。

他的手感受著透過影子傳遞而來的土下狀況，一吋一吋、一點一點地觸摸是否有異物埋藏其中。

他感覺到靠近屋前的某個角落，似乎有個東西埋在土裡。

奎薩爾走向偵測到的地點，上面種著的粉色山茶正開得燦爛。

他彎下身，伸手撥開土壤，避開了花朵的根與枝，往土中探掘。三分鐘後發現了一塊破瓦，上面什麼標記也沒有。

他將瓦片扔回土裡。

「奎薩爾？」

帶著猶豫的輕喚聲從他身後響起。

奎薩爾回過頭，看見封平瀾正站在自己身後不遠處，只穿著短褲和拖鞋，上半身是裸著的。

為什麼又光著身子……

看著封平瀾的出現，他直覺地感到一陣無奈，但同時也像反射動作般，一陣放鬆與安心幽然隱現。

「你在挖蚯蚓嗎？」封平瀾興奮地詢問，「你要去釣魚嗎？我可以一起去嗎？啊呀，怎麼直接用手挖，都弄髒了！這種事我來做就好啦！」說完便蹲下準備動手挖地。

「不用。」奎薩爾冷聲制止，「那裡沒有我要的東西。」

封平瀾停下手，「這樣喔。」接著，站起身。「那你要找什麼？我可以幫你喔！」

奎薩爾沒有立即回答，只是盯著封平瀾。

他在思考，思考為什麼封平瀾會出現，思考為什麼封平瀾總是這麼樂意為他做事，思考是否要告訴封平瀾自己在找什麼，思考是否要封平瀾幫忙。

同時也思考著，為什麼自己會為了一個人類思考這麼多，為什麼這個人類竟能占據他的思緒。

封平瀾看著沉默的奎薩爾，也開始思考。

為什麼奎薩爾不說話？啊，一定是因為我沒穿上衣！

完全誤解。

封平瀾逕自開口解釋，「那個，因為天氣很熱，我晚上睡覺會流汗，所以乾脆打赤膊啦哈哈哈。」

房間裡原有的冷氣早就報廢，加上冬犽的狀況不佳，所以風變得有些微弱。海棠買了新冷氣，反正都付了房租，可以自由用電。他本想找海棠一起睡，但是被斷然拒絕。臭海棠，真小氣。

奎薩爾仍舊不語。

封平瀾抓了抓肚子，咧嘴傻笑，「奎薩爾，你在找什麼呀？」

「你一直在守著，一直在等我？」奎薩爾沒頭沒腦地丟了個問題。

他才回來沒多久，封平瀾便出現。他想起和殷肅霜的對話。

影校的人似乎在計畫什麼，他知道自己也被列入計畫之中，但他不確定有哪些人、哪些事是算計好的，不確定那些召喚師是否全然和他們站在同一陣線。

封平瀾會不會是召喚師的眼線？他留在他們身邊，就是為了向召喚師通報，甚至在必要時對他們不利……

「喔，不是耶。我睡到一半突然醒來，有種怪怪的感覺讓我想要下樓，沒想到就在前院看到你！真不可思議，我們是不是有心電感應呀？下次我咬手指，看奎薩爾會不會心痛。」

看著封平瀾憨笑的蠢臉，奎薩爾頓時放鬆戒備。

理由很爛，但正因為太爛了，反而顯得真實。

「為什麼這麼問呢？啊，難道奎薩爾希望我等門？」封平瀾眼睛一亮，「噢，沒想到奎薩爾這麼想念我！你早點說的話，我天天都坐在門邊等你回來！」

看著對方興奮的表情，奎薩爾突然產生荒謬的念頭。

他要是說好的話，封平瀾是否真的為了他等待一整晚？

不，算了。

不管封平瀾是否照做，都會給他帶來困擾……

「所以，奎薩爾在前院找什麼呀？」封平瀾反過來追問。

「……與你無關……」奎薩爾反射性地吐出千篇一律的答案。

沒想到封平瀾用力拍掌，「哈！我猜對了！我就知道你會這樣回答！」他露出一副「逮到你了」的得意表情，伸出食指在空中對奎薩爾輕點了一下，「我們的同步率越來越高了呢，嘿嘿嘿！」

奎薩爾眉頭微蹙，不予置評。搜索的過程被打斷，他不打算繼續和封平瀾在這裡耗，決定先收手。

正要轉身離開時，封平瀾忽地開口。「奎薩爾其實是在找滅魔師的印記吧？」

奎薩爾停下腳步，「你怎麼知道？」

「猜的。」封平瀾笑嘻嘻地道，「之前班長說過，滅魔師會在自己的領域裡留下印記。奎薩爾半夜在院子裡挖土，如果不是為了捉蚯蚓，應該就是為了找尋印記吧。」

奎薩爾凝視著封平瀾。

封平瀾不蠢。他不是第一次見識到這人類的智慧了……

「需要我幫忙嗎？」封平瀾再次詢問，「不管是挖蚯蚓或是找印記都可以唷！」

「隨你……」奎薩爾撇過頭，走向院子的另一端，準備第二波搜索工作。

「耶耶耶！」

封平瀾興致勃勃地跑去花圃旁的工具箱裡拿了小鏟子，隨即跑到院子裡沒有種花的角落，奮力地挖掘起來。

當奎薩爾以為終於可以寧靜片刻時，封平瀾的聲音響起。

「對了，奎薩爾，班導今天打電話來通知，叫我們明天早上要到學校集合。」他停頓了一下，「噢，不對，已經過了十二點，所以是『今天』才對。」

「嗯……」稍早殷肅霜在校內辦公室裡已和他提起此事。

「不曉得班導會介紹什麼樣的工作給我們？薪水這麼高，應該不會是做黑的吧？哈哈哈哈！」

奎薩爾沒理會封平瀾的瘋言瘋語，繼續探勘。

「今天我和大家去打工，發生很多事呢！早上在餐廳的時候……」

封平瀾繼續聒噪地分享著整日打工時發生的瑣事。過程中奎薩爾沒有任何回應，但他還是興高采烈地說著。

「——真的超開心的！」絮絮叨叨了好一陣，終於說明結束。

奎薩爾頓了頓，不理解封平瀾怎麼推導出這樣的結論。整個故事，怎麼聽都不是會讓人高興的發展。

「只要和大家在一起，不管是做什麼都很有趣！」封平瀾繼續說著，「如果奎薩爾也在的話就更棒了——啊呀！」

封平瀾驚呼。

奎薩爾沒有追問。因為空氣中傳來的淡淡血腥味，告訴了他發生什麼事。他不動聲色，看似冷靜，但喉頭卻不自覺地縮瑟了一下。

「唉呀呀，被樹枝暗算了，哈哈，奎薩爾有沒有心痛的感覺呀？」

奎薩爾不予理會。他並不是很餓，前幾天在面對死者的鮮血時都勾不起他的食欲。但不曉得為何，封平瀾的血腥味一直隱隱挑動著他的渴望。

封平瀾走到一旁，打開澆花用的水龍頭，沖掉手上的泥沙，血被水沖掉了些，但立即又湧出。

封平瀾盯著指頭上的傷口，血液汩汩自指尖流下。

真糟糕呀……沒想到刺得這麼深……

他轉過頭，看著站在不遠處的奎薩爾，嘿嘿一笑。

「奎薩爾吃宵夜囉！」封平瀾跑到奎薩爾身邊，伸出手，遞到對方面前，開玩笑地開口，「來，啊——」

本以為奎薩爾會無視或是斥責，但沒想到，一陣濕潤的溫暖覆上了他的指尖。

奎薩爾低下頭，將封平瀾受傷的指尖含入嘴裡，輕啜著那新鮮而溫暖的生命之泉。

片刻，他抬起頭，舔去沾在唇上的血。

封平瀾愣在原地，突然覺得有點不知所措。

「呃，你……你還真的吃了……」封平瀾抓了抓頭，盯著自己的手，然後又抓了抓頭，「奎薩爾是不是壞掉啦？」

奎薩爾挑眉。

原來這傢伙也會困窘……

「是你要我吃的。」奎薩爾冷聲開口，就像平時一樣，音調平板而沉著。

但這次帶了點微不可見的戲謔。

他之所以會這麼做，一半是出於對血的渴望，一半是出於……

出於什麼？不曉得。

不管拒絕會接受，封平瀾的反應都一樣聒噪，一樣瘋顛。在那當下，他對老是要斥責拒絕對方到一陣厭煩，取而代之的是一種想反其道而行的叛逆。

看來他的決定沒錯。

封平瀾不知所措的窘迫反應，讓他覺得非常新鮮。

有趣。

「話是這麼說沒錯啦。」封平瀾盯著自己的指頭，「只是沒想到我肢體的一部分竟然有機會能夠進到奎薩爾的身體裡，有點像在做夢，嘿嘿嘿……」

這樣的描述令奎薩爾十分不自在。他冷哼了聲，轉身繼續原本的工作。

話題結束後，回復了安靜。奎薩爾享受著這得來不易的寧靜。

但約莫十分鐘後，封平瀾再度開口。

「……奎薩爾確定印記是埋在花圃裡嗎？」這樣要挖很久才有可能找到呢！

滅魔師會花這麼大的工夫在花園裡挖坑，只為了埋個印記嗎？照班長的說法，印記是為了標示地盤，一旦有召喚師或妖魔闖入就會發動。這樣的話，應該不用大費周章地藏到那麼深的地底吧？

奎薩爾沉默了片刻，開口，「……據說是埋藏在向陽面。」

「向陽面？所以不一定在花圃中囉？」封平瀾站起身，繞著花圃打量，「埋在花圃裡感覺不太保險，而且不管是藏入還是取出，都太麻煩了……」他一邊走，一邊思考。

奎薩爾靜靜地看著封平瀾。

他發現，封平瀾陷入思考時的表情會和平常不太一樣。憨呆的笑容收起，轉為專注的神情。沉穩的氣質和平日瘋顛的樣子判若兩人。

他不太習慣這樣的封平瀾。

「印記附帶著咒語……我記得課堂裡提到符咒的位置會影響咒語……」封平瀾喃喃低語，「放在花圃下的話，重心會偏低，咒力不好發揮。如果要守護的是這棟洋樓，那麼……」

封平瀾一邊走一邊打量，看著地面，又看向圍牆，最後看向洋樓本身。

雕花的厚重金屬門正向著東方，門上有立體的浮雕幾何花紋，貓眼下方有朵歌德風的玫瑰，裝飾著叩門環。門扉上半部有褪色的現象，看得出久經日曬。原本暗紅的玫瑰，電鍍的顏色褪去，變成銀白與粉紅的漸層。封平瀾走向大門，然後目光望向那突出的門環。

他伸手摸了摸那朵玫瑰，接著，發現中央圓形花心的部分是可活動的，和一體成形的花朵格格不入。

他伸出指頭，摳挖花蕊中央。

「這裡好像有東西。」他的指尖用力一掰，攀附在其上的圓片被他摳落，他將那片東西從花裡取出。

那是一塊圓形金屬片，上面刻著一隻像手的圖案。

「是哈姆薩之手，古老的護身符。上課教過。」封平瀾喃喃地說著，同時前後翻轉著金屬片，透過月光打量，「不過和課本上畫的有點不同。」

手掌中央畫了一個菱形，接著是一個錐形交叉。右上方畫著一個交疊的圓底弦月，右下方寫著數字9與1。左上方則是代表旋風的螺旋紋，左下方是水波紋。

應該有特殊的涵義吧……

奎薩爾走向封平瀾，封平瀾將金屬片遞給他。他看著那片金屬，將上頭的圖樣謹記。

就是這個人……封印他的滅魔師！

他激動地握住那塊金屬片。

雪勘皇子……

「真是太好了！」封平瀾笑道，「這樣離找到雪勘皇子又更進一步了呢！」

他的音調聽起來由衷地開心，但是說這話時，心底卻有種莫名的抗斥與心虛。

「……謝謝……」低沉的嗓音，吐出幾不可聞的道謝。

「什麼？奎薩爾剛剛和我說謝謝嗎？我有聽錯嗎？」封平瀾盯著奎薩爾追問，「可惡，我剛沒聽清楚，可以再說一次嗎？啊，等我一下，我去拿手機來錄音！」

奎薩爾冷哼，準備轉身離去。

「等一下嘛！」封平瀾伸出手，打算拉住奎薩爾。

奎薩爾輕鬆地閃過了封平瀾的觸碰。

「哎呀，不要躲嘛，你這頑皮的小東西！」

奎薩爾皺了皺眉，啟步，將封平瀾拋諸腦後。

「哎呀！」封平瀾突然發出驚呼，「疊在一起了耶，我還是牽到你的手了！」

奎薩爾停下腳步，回頭看對方在搞什麼把戲。

只見封平瀾的手停在空中，月光將他的手影投映在地，拉得長長的，正好與奎薩爾影子上的手交疊。

「嘿嘿嘿，現在奎薩爾的手在我的掌中，呵呵呵……」封平瀾發出色員外一般的笑聲，「接下來，嘿嘿嘿……」

他的手緩緩上升，影子也更加拉長，朝著奎薩爾影子的腰部移去。

奎薩爾微微挑眉，輕輕地晃了晃指頭。

瞬間，地面上的身影扭曲，避開了封平瀾影子的魔爪。

在他面前玩影子……不自量力。

封平瀾看著影子的變動，不可置信地瞪大了眼，「啊！哪有這樣的！不可以開外掛啦奎薩爾！」

封平瀾再度伸手，想要捕捉退開的影子，但下一刻影子擴散開，像是打翻的墨水，封平瀾的影子也隱沒在其中。

「啊！不見了！」封平瀾對著地面揮舞手臂，手舞足蹈地做了好些怪動作，但地面上就是沒出現影子。

他略微沮喪地抬起頭，看向奎薩爾。

剎那間，他似乎看到奎薩爾的嘴角微微上揚，看起來像是在微笑。但來不及確認，那冷峻的容顏已回首步向樓房。

早晨。行政大樓二樓會議室。

假日的學校，空蕩無人。

殷肅霜看著準時抵達的一行人，目光停留在兩個不速之客身上。

面對殷肅霜的視線，海棠毫不退縮地回視，曇華則謙恭地守在海棠後方。

「海棠他聽說了之後也想過來看看。」封平瀾幫忙解釋，「可以嗎？」

「無所謂。」殷肅霜走向主位，「這份工作原本就打算讓你們社團的人協助參與。」

「真的？為什麼？」

「上回你們解決鞁髓事件的表現不錯，理事長非常滿意。」殷肅霜坐下身，「你可以找社員幫忙，但酬勞如何分配你們自己解決。」

「所以我們要做些什麼呀，班導？和協會有關，難道是清潔協會的辦公大樓嗎？」

「這聽起來很棒。」冬犽笑著開口。

「很可惜，不是。這份工作是要你們擔任影校的直屬調查員，調查與妖魔有關的未解事件，確定是非協會允許的召喚師或妖魔所為的話，直接清除。你們面對的敵手可能是僭行的妖魔，也可能是不從者。」殷肅霜停頓了一下，「當然，也有可能是三皇子的人馬。」

此話一出，妖魔們開始騷動，只有奎薩爾維持著冷靜。

「為什麼突然做出這決定？」璁瓏質問。

殷肅霜無奈地嘆了聲，似乎覺得解釋非常麻煩。

「這不就是你們留在這裡的目的？」因為海棠在，所以他不便多說，只是不耐煩地開口，「你們缺錢，影校提供了一個可以讓你們物盡其用的管道，這對我們雙方都有利，不願意的話你們可以拒絕。至於為什麼影校要給你們這樣的機會，那很重要嗎？」

妖魔們互看一眼。

確實，透過調查，他們可以更深入地了解召喚師的圈子，也能接觸到更多資訊，這對找到雪勘皇子非常有利。

只是，他們不確定這其中是否有詐……

但反過來說，以他們的處境而言，等於是屈就影校之下，他們有太多把柄在對方手上，根本沒有欺騙的必要。

最後，眾妖的目光移向奎薩爾。

「奎薩爾？」冬犽試探地詢問。

「被當成棋子總比被當成棄卒好。」奎薩爾淡然開口。「能利用的，利用到底。」

契妖們互相交換了眼色，下定決心。

海棠不知道契妖和殷肅霜話裡的涵義是什麼，別人家的事不需多問，這是召喚師之間的共同認知。

他更好奇，為什麼封平瀾明明是主子，卻一副局外人的感覺。

還有，他不懂為什麼契妖在與殷肅霜談話時，封平瀾的眼底有著淡淡的失落。

「決定好了嗎？」殷肅霜催促。

「報酬有多少？」百嘹提問。

殷肅霜挑眉，「依任務難度而定。破獲越複雜的案件賞金越高，就算是一般等級的案件也會有一萬美金以上。」

「我們加入。」冬犽立即同意。

「所以，任務是什麼？」璁瓏發問。「可以預支薪水嗎？」

「不行。」殷肅霜斷然否決，接著起身，「接受任務委託的地點不在這，我們必須到情報中心。」

「這麼麻煩？」墨里斯抱怨了聲，「為什麼不能在這裡解決？」

「因為線索在死人身上。」

Chapter5

聒噪的人多半是不甘寂寞，不斷發出聲音營造熱鬧的氛圍，假裝陪伴著自己的不只有寧靜的空氣

一小時後，一行人抵達了位在另一個城市郊區的目的地。

藍色的校用公務車停在一棟黑色建築物前。建築物的所在地非常荒涼，方圓一公里內幾乎沒有其他房子。

封平瀾等人下了車，看著眼前的屋子。房屋很寬，約有三間教室那麼大，但高度只有兩層樓高，看起來像就是被壓扁的棺木。外表以黑色為主體，仔細看的話會發現外型非常華麗，門窗、屋簷和牆上都有歌德風的金屬裝飾。但因為漆成黑色，精細的飾樣全都變得低調而不顯眼。

屋外正中央懸著一塊黑檀木招牌，以金色的顏料寫著花俏的「Janus」。

「這是咖啡廳嗎？」封平瀾轉頭看向臉色憔悴的璁瓏，「璁瓏一路上吐了這麼多，現在應該餓了吧？等一下可以點桶牛奶來壓壓驚！」

璁瓏一聽見牛奶立即反胃地摀住嘴，「現在別跟我提吃的東西……」

看著眼前這棟風格詭異的屋子，墨里斯不以為然地挑眉，「所以我們千里迢迢跑來，就是為了在這間咖啡廳討論任務？」

「這不是咖啡廳，是隸屬於協會的情報中心，雅努斯殯儀館。」殷肅霜領在前方，推開了厚重的木門。在經過門口時，紅外線感應器開始播放管風琴彈奏的喪歌。

踏入屋內，迎面而來的是個窄小的空間，擺了張歐風木櫃檯和兩套桌椅，裡頭空無一人。左邊牆面上嵌著一面橢圓形大鏡子，華麗的金屬邊框一樣被漆成黑色。鏡面和牆面差不多高，將進入屋裡的每一個身影映照得纖毫畢現。

櫃檯上方擺著塊立板，寫著「休息中」，上面積了層薄薄的灰塵，看得出來它擺在那已經有好一陣子了。

「要在這裡等嗎？」封平瀾拉開椅子坐下，好奇地左右張望。

「這裡只是玄關，我們還沒進入殯儀館裡面。」殷肅霜淺笑，逕自拿起櫃檯上那塊立牌掛到大門口，接著將門鎖上。

「那怎麼進去？」

「都忘了影校的規矩？」殷肅霜反問。

眾人心有靈犀地同時望向那面大鏡。

「真沒創意。」墨里斯不以為然地嗤了聲，一馬當先舉步朝鏡面走去，照著以往進入影校時的習慣，準備穿過鏡面。

「碰！」

但下一刻，精碩的身軀撞上鏡面，發出一聲巨響，整個人向後跌坐在地。

「搞什麼！」墨里斯怒吼，「這不是入口嗎？為什麼過不去?!」

殷肅霜搖了搖頭，輕嘆一聲，走向鏡前，伸手握向鏡框的凸起處，然後向下一旋，鏡子連同後方的牆隨之開啟。這面牆本身就是一道門扉，只是做得像是普通的牆面。

「這裡有門把。」殷肅霜以嘲謔的眼神看了墨里斯一眼，「確實沒什麼創意。」

墨里斯低吼一聲，惱怒地站起。一行人跟在殷肅霜身後進入了那扇門。

門後是一道通往地底的樓梯，通道相當深邃迂迴，大約走了三分鐘左右才到底。樓梯盡頭是個挑高的廣闊空間，面積明顯比地面上的建築物大上好幾倍，擺滿了一道道高及天花板的鋼架，架子之間的走道深不見底，有如迷宮。

空氣裡飄散著一股複雜的氣味。消毒藥水、福馬林、濃濃的花香，雜揉成帶有侵略性的怪異氣息。

離樓梯口不遠處的牆邊，有個狹長的白色櫃檯，檯面上凌亂地堆滿雜物，檯後的牆面上是一格一格的文件櫃。

櫃檯正中央趴了個慵懶的身影，隨著呼吸緩緩地起伏。

冬犽看著那堆滿空零食袋、紙屑、垃圾、文件和雜物的桌面，內心一陣蠢蠢欲動。

「請問我們的任務是要打掃這裡嗎？」冬犽躍躍欲試地詢問。

「不是。」殷肅霜走向櫃檯，撥開滿桌面的垃圾，清出個空間，敲了敲桌面。「起來，上工。」

趴伏在桌面上的人緩緩動了兩下，慢慢地抬起頭。

對方有張漂亮的面孔，但整張臉給人一股說不出的矛盾感。年齡看似在二十五到三十歲之間，鳳眼帶著女性的柔媚，臉頰線條卻有著男性的剛毅，高挺的鼻梁，小巧的紅唇，讓人難以一眼分辨出是男是女。眼眸一只是黑，一只是綠。藍綠與紫色相間的長髮綁在腦後，隨意紮成了辮子，用黑色鞋帶繫著。

當那人坐起身時，眾人才看見，他是趴在一幅拼圖上。拼圖完成了五成左右，中間有一處格外凌亂，是被睡亂的。缺少的部分有的掉在地上，有的散落在桌面，還有一片黏在那蒼白的臉上。

桌後人揉了揉眼，在看見殷肅霜時眼睛一亮，爽朗地笑著開口。

「噢，這不是肅霜大人嗎！」不高不低、雌雄難辨的中性嗓音尖笑了幾聲，口舌如簧地說著，「好久不見呀！自從你當上老師後就很久沒來吶！一切都還習慣嗎？學校的營養午餐難吃嗎？家長難搞嗎？對了，你今天是來探望我嗎？還是手頭太緊想來兼差？啊對了，話說你結婚了嗎？沒結婚的話有沒有興趣娶我或嫁給我呀？哈哈哈！算了算了，不提那些。所以你今天是來做什麼的？你身後這些可愛的小朋友是來幫忙的，還是你要我處理掉的？哈哈哈哈！開玩笑的啦。」

對方滔滔不絕地說著廢話，眾人完全沒有插話機會，在嘖嘖稱奇之餘，也萌生了些許既視感。

總覺得這傢伙好像有點似曾相識……

「注意你的言行，廢話少說。」殷肅霜無視對方的連珠砲問話，淡然開口，「他們是我的學生——」

「你的學生？啊呀，沒想到是學弟妹們呢！不過嚴格來說也不是學弟，因為去曦舫讀過書的人不是『我』……我有個親戚好像今年入學，一個可愛的小堂弟，和我一樣又可愛又厲害！話說，這些全都是你的學生嗎？」異色的雙眼停留在奎薩爾身上，「這位看起來很成熟耶，肅霜老師你也開始教社區大學的課了嗎？還是這位先生留級好幾年啦？」

奎薩爾沒有回應，靜靜地盯著眼前的人。

對方看起來瘋癲痴狂，但他可以感覺得到，這不是簡單角色。

光是那複雜的妖氣就是他未曾見過的，混雜了人類與妖魔兩種氣息，他看不出來這是個沾上妖魔氣息的人類，還是個染上人類氣息的妖魔。

「是我的學生以及他們的契妖。」

「你還有學生沒進來嗎？」那人手撐著頭，困惑地看著殷肅霜身後的人，「來了兩個人類，卻有七個契妖，數字不太對耶。」

眾妖這時才對這怪人另眼看待。他們將妖氣隱藏得相當嚴密，這人卻能一眼看穿，非等閒之輩。

「這不關你的事，回收者，先閉上你的嘴，否則我向總會申訴。」殷肅霜冷冷警告。對方乖乖地閉上嘴，用兩隻食指在嘴前比了個叉，咧起微笑。

殷肅霜對著封平瀾等人開始解說。「他是殯儀館的負責人。雅努斯殯儀館不只是情報中心，也是賞金任務的仲介處。這裡的一切，都隸屬於協會管理。」最後一句是對著櫃檯後的人說的。

「哈囉，我叫蜃煬！」趁殷肅霜停頓，他見縫插針地自我介紹。「興趣是手工藝和拼圖！身高大約是十八顆蘋果的高度，體重和年齡是祕密，最喜歡的顏色是蜜桃粉。目前單身，徵男友中，如果有不錯的對象拜託幫忙介紹一下！噢，當然，毛遂自薦也可以，哈哈哈哈！」

眾人的目光緩緩移向封平瀾。

聒噪又自我中心的態度……根本如出一轍……

「說夠了？」殷肅霜輕聲質問。

「好啦，不提那些。這位藍髮小弟臉色怎麼這麼差呀？要不要躺著休息一下？冰櫃裡還有幾個床位……噢好啦，我閉嘴。噓！」蜃煬再度在嘴前比了個叉。

「他們是來接任務的。」

「學生？」

「這是理事長的意思。不要多問。」

「是是是，我知道。」蜃煬笑著附和，「我最會保守祕密了。」

殷肅霜瞪了蜃煬一眼，「你最好識時務，協會的人還沒完全放過你。」

「哎呀，那些老屁股根本沒什麼真本事，我不用透過裡線消息就能讓他們身敗名裂……噢，我知道，安靜。」蜃煬笑著在嘴前打了個叉，然後從桌面的一團混亂中翻找出一疊厚厚的記事本，本子側邊夾了不少便籤。封平瀾好奇地湊過頭想看看本子上寫著什麼，但頁面上是他從未見過的文字。

「要找賞金任務是吧……最近有不少狀況，生意很好，我都沒時間做果酸護膚了。」

蜃煬一邊翻著簿本，一邊喃喃抱怨。

「你的客人是哪一邊的？」殷肅霜質問。

「哎呀呀，你這不是在為難我嗎？」蜃煬苦笑，「我當然會說都是協會核可的正當召喚師和滅魔師囉！至於是不是真的就隨你去猜測啦。」

奎薩爾等人聽見滅魔師一詞時，全都豎起耳。

這個怪裡怪氣的傢伙似乎知道很多情報，說不定會有雪勘皇子的消息。他們得想辦法從蜃煬口中探出情報。任何辦法……

奎薩爾看向殷肅霜，發現對方正似笑非笑地看著自己，似乎早已看穿他的意圖。

「我勸你別輕舉妄動，照規矩來……」殷肅霜淡然提醒。

「是是是，我知道。真的出了事的話，也絕對不會牽連到任何人。」蜃煬以為殷肅霜是和自己說話，隨口回應著，「如果是這些小朋友要出任務的話，我找幾個比較溫馨的 case 吧。首爾那裡聽說有召喚師利用咒語矇騙演藝經紀公司，偷拍藝人私人照，這個怎樣？還有機會和明星近距離互動喔！」

眾妖露出不予苟同的表情，只有希茉顯得興致勃勃。

「那個……請問有『皮諾丘的五十道陰影』電影主角的公司嗎？」希茉小聲詢問。

「我不知道耶，那部拍得太濫情，我只看了一些片段，人家偏愛純愛系的。」

希茉像是被踩中痛處般用力反駁，「那、那才不是色情！」接著賭氣地低下頭。

「這就是我們要接的任務？」璁瓏質疑。「這種任務真的值那麼多錢嗎？」

殷肅霜嘆了口氣，對蜃煬交代道，「他們是理事長認同的召喚師，已經能獨當一面，你不用顧慮太多。」

「噢，了解。不過我覺得小朋友還是不要處理太情色太暴力的事件，不然到時候心靈受傷，以後變成沒出息的大人，家長又要怪我把他們原本很乖的小孩帶壞……」蜃煬又翻了翻簿本，瀏覽片刻，點點頭，「那，就這個吧！」

他推開桌面上的凌亂雜物，打開埋在垃圾底下的筆電，敲了幾個鍵叫出檔案，接著把筆電轉向眾人，「噠啦！」

畫面上是一幀一幀的照片，旁邊附著文字說明相片中人的身分。每個人的國籍不同，年齡不同，但都有著顯赫的身家背景，有遠洋航運的老闆，石化工廠的董事，甚至連歐州貴族後裔也有。另外一個共同點就是，每個人都死了。

「這是基本資料，先初步了解一下身家背景，等一下見面時才不會陌生。」

「見面？」

「是呀，在冰櫃裡。」蜃煬站起身。出乎意料地，他的身高和希茉差不多，線條平板，寬鬆的白袍罩在身上，讓身形更顯削瘦。「這裡不只是情報中心，也是回收場，專收召喚師們製造出的垃圾，各種棘手、見不得光的垃圾。」

蜃煬穿著拖鞋，帶領眾人前往屍體停放處。眾人穿過走道，拐了幾個彎後，來到一間冷藏室前。冷藏室有兩處出入口，一處面向外側，以數扇透明的門組成，讓人便於從外部取出遺體；另一處入口則是直通室內。

透明的門後，直立著數排屍袋，膨脹的袋子透露著裡頭包裹著亡者的軀體。

「好像超商的飲料櫃喔……」封平瀾小聲說出自己的感想。

「可惜第二件沒有六折，哈哈哈！」蜃煬笑著附和，接著走向門把前的儀表板，鍵入幾個數字。

冰櫃裡的機關開始運作，固定著屍袋的輪盤轉動，將四具原本放置在後方的遺體轉到前頭。待運轉停止時，門扉自動開啟，底下升起一座平臺盛接遺體。

「哇！」璁瓏和希茉忍不住讚嘆，他們對高科技的產物向來抱著極高的興趣。

就連百嘹也吹了聲口哨，「挺方便的。」

蜃煬一一拉開屍袋，露出裡頭的人。

「唔！」眾人倒抽了口氣。

屍袋裡躺著的人和方才看到的照片截然不同，四具遺體面目全非，根本辨識不出原本的相貌。

「這算是比較溫馨的案件？」封平瀾忍不住驚呼。

「當然。也有被邪教選為祭品的死者，那個畫面不太好看，解說起來也不好聽，凶手對同類的殘忍連妖魔都望塵莫及吶。我很好奇死者是在什麼樣的心情下死去，更好奇凶手進行虐殺時臉上掛著的是什麼樣的表情。生而為人卻以那樣的方式終結生命，那還不如生為肉畜，或許更幸福些吧！」蜃煬笑著，好像在陳述件有趣的事，「明明是最接近神的種族，卻比妖魔更愛親近惡魔吶。哈哈哈！」

蜃煬尖銳的笑聲讓聽者覺得一陣不舒服。

雖然和封平瀾很像，但本質不同。封平瀾是單純的憨傻，蜃煬是扭曲的瘋狂。

「夠了，停止你的廢話。」殷肅霜打斷蜃煬的話語，「這是什麼情況？」

「好啦好啦，真沒幽默感。」蜃煬吐了吐舌，「這些倒楣鬼陸續在這半年內死亡。死因各有不同，火災、墜樓、車禍，臉部都嚴重毀損到無法辨識，死亡時間地點各異。人類警察的調查結果都以意外或自殺結案，但有些召喚師不這麼想，所以就提報給協會啦。我看那些提報的召喚師也不是出於正義，而是和死者有掛勾，金主死了，所以要肇事者付出代價。所謂的正義呀，也不過是利益衝突和私心的化妝品罷了。哈哈哈！」

蜃煬自顧自地笑了一陣，繼續開口，「——好，搶答時間，猜猜看，為什麼凶手要毀壞死者的面孔？」

「是不是為了隱藏身分？」璁瓏開口。

「錯！枉費你看起來頗聰明的。」

「現代科技這麼發達，只要有一滴血、一根毛髮就能測出身分了。而且死者都是重要人物，比對相當容易，毀容根本沒用。」海棠沒好氣地吐槽。

「那，是不是要掩飾死者的臉在生前就已經重度毀損？」封平瀾推測。

「啪啪啪啪啪！」激烈的掌聲響起，蜃煬讚賞不已。「答對了！你好聰明喔！我最喜歡聰明的小孩了！」

他轉過身，指了指半焦黑的遺體，「這位是船運公司的董事，一個月前住處電線走火引發火災，葬身火海。但是運氣不錯，臉部沒有完全燒燬。」

眾人靠近屍體，死者的容顏有大半片被燒得焦黑，但右側有一部分保持完好。說完好也不正確，因為皮膚已消失，露出底下的筋肉血管。

「看起來是臉皮被剝去了。」殷肅霜沉吟。

「沒錯！」蜃煬再度拍手，「精彩的來囉！看到這裡了嗎？這是痂，你們知道這代表什麼？」

沒有人回答。雖然有人心裡已經有答案了。

「這代表他們臉皮被剝了之後還活著唷！一直到死前都維持著那樣子！酷吧！哈哈哈哈！」

「夠了。」殷肅霜打斷對方的冗言，「我們知道了。還有其他情報嗎？」

蜃煬笑了笑，「根據驗屍結果，死者的臉皮被剝下後至少還活了兩週左右，但卻完全沒人發現異狀——又是搶答時間，請問這意味著什麼呢？」

「剝人臉皮的妖魔，頂著他的面孔，取代了死者的生活，直到對方沒有利用價值為止。」

「沒錯，老師好厲害喔！」蜃煬拍拍手，「另外，死者們在死前一年內都參加了同一個聚會，那種有錢人的俱樂部，大家聚在一起吃喝玩樂之餘，順便交換一些情報，互利互惠的組織。俱樂部裡的人每個都有不在場證明，但如果有召喚師或妖魔介入的話，不在場證明根本不算什麼。」蜃煬伸手按了幾個鍵，遺體被收回冰櫃中，接著信步往來時的長桌走去。

「你怎麼確定死因與俱樂部有關？」方才被罵笨，璁瓏趁機質疑。

「噢，因為有證據。」蜃煬笑著回應，「這個私人俱樂部的徽章是綠色的獅子，在另一個案件裡，協會召喚師逮捕的不從者也擁有相同的徽章。」

殷肅霜停下腳步，「這案件和不從者有關聯？」

蜃煬挑了挑眉，「證明假設是你們的責任唷，我只負責告知情報。」

返回來時的長桌旁時，蜃煬懶得繞到開口處，直接從桌面爬回位置，打開筆電，點了點滑鼠，「根據情報，目前和綠獅子有關的線索有兩個，第一個是賀爾班航運的亞可涅號郵輪，原本由費德曼負責，就是剛才那個七分熟的傢伙，他在生前把整個部門的營運權交託給上任不到三個月的新人，過沒多久就死了。第二個是綠獅子的聚會地點，在京都，他們原本預約的地點被我們動了手腳，所以轉移陣地，換到了協會勢力範圍內的溫泉飯店。」

螢幕轉向眾人，畫面中有兩張照片，一張是氣派豪華的巨大郵輪，另一張是古色古香的日式建築，照片底下各自標註著地點時間。

海棠看見照片後臉色一沉。

「郵輪下一次的啟航時間是三週後，綠獅子的聚會時間則是在這週末。看各位想要調查哪一條囉！」

「週末的話似乎有點趕……」

「選這個。」海棠開口，「去京都。」

「海棠少爺……」曇華為難地開口。

「喂，憑什麼是你決定！」墨里斯不滿。

蜃煬看了看曇華，又看了看海棠，「你是魏家的那位少爺？」他露出了然於心的笑容，「這樣的話，選這個地點對你們比較有利唷！」

「什麼意思？」璁瓏皺眉。

「不關你們的事！」海棠怒斥，轉頭望向蜃煬，「閉上你的狗嘴……」

蜃煬挑眉，嘟起紅唇喃喃抱怨，「真沒禮貌，枉費我還幫你說話呢。」

「有沒有推薦的選項？」百嘹詢問殷肅霜。

「各有利弊，你們自己決定。」

「那就選郵輪那個。」璁瓏插話。

「我贊成。」墨里斯附和。他不想讓海棠主導，硬是選了其他選項。

海棠冷哼了聲，「幼稚……」

「你覺得呢？」冬犽輕聲詢問封平瀾的意見。

「我覺得選京都的任務比較好……」封平瀾搔了搔下巴，「早點開工就能早點領到薪水，不然大家撐得到三個星期後嗎？」

璁瓏和墨里斯語塞。

非常實際的考量，瞬間說服了所有人。

「有其他意見嗎？那就決定囉？」蜃煬看沒人答腔，便按了幾個鍵，身後的印表機開始運轉。「必要的資料我複印一份給你們，其他的就靠自己調查啦。」

他從桌面的雜物中翻出另一本厚重的黑色冊子，翻了幾頁，指了指其中一個欄位，「確定接下任務的話，在這簽個名吧。」

封平瀾本來要向前，但殷肅霜擋在他前面，「我簽。」

「你也要參與任務？」

「我是他們的代理人。」殷肅霜從口袋中拿出個小盒子，裡頭裝了個透明印章。他沒沾印泥，直接往簿本上蓋下。拿開時，空格裡多了個水藍色印紋，數秒後消失。

蜃煬笑了笑。「歌蜜的晶印，真懷念吶……」

當印表機的運作聲停止時，蜃煬將那十來張的文件抽出，接著從桌面抓起一把小刀，劃破手指，指尖流出近乎黑色的深紅血液。他伸出指頭，輕輕地往那一疊文件的側邊撫抹而去。

闇色的血液瞬間滲入紙張的纖維，在頁面上擴散交織出有如血管般的淺紅色紋路。

「這份文件不能複製，流落到非影校的人手裡就會自動銷毀。」蜃煬得意地笑著，「好好保存呀！」

封平瀾小心翼翼地接下文件，手中的紙張好像有著溫度，彷若活體，不曉得是不是錯覺。

「有什麼問題的話現在快問，不然我要準備打烊啦。」蜃煬打了個呵欠。

「這裡可沒有打烊時間。」殷肅霜冷聲提醒。

「那是客套話，我總不好意思叫你們直接滾，別影響到下一樁生意吧？」

「我很好奇你其他的客人會是哪方人馬……」

「噢，隨你。反正到時候尷尬的不會是我。」蜃煬事不關己地輕笑。

「那個！」封平瀾舉手，「我想問一下，如果剛才那些死者都是重要人物，屍體送到這邊……沒問題嗎？」遺體是偷來的嗎？不會被發現嗎？

蜃煬挑眉，似乎很訝異封平瀾會問出這樣的問題。

「噢噢，不用擔心，我們有專人幫忙製作替代品。不過透露一下，這批製作者的手藝有點差，比不上我那個又可愛又厲害的小堂弟。」蜃煬呵呵笑著，盯著封平瀾片刻，「你的腦子挺機靈的嘛。而且……」這個長相，他總覺得似曾相識……

蜃煬看了看封平瀾，又看了看他身後的契妖，片刻，露出興味盎然的眼神。「哈，有意思。哈哈，哈哈哈哈哈！」

不曉得出於什麼原因，蜃煬狂笑不止。「太有意思了！哈哈哈哈哈哈！」笑聲是那麼開心，像個得到新玩具的孩子一樣，同時又刺耳得讓人心裡發寒。

「夠了！」殷肅霜斥喝，制止蜃煬的狂笑。

「抱歉抱歉，失態了。噗嗤！」蜃煬勉強止住笑，「好啦，還有問題嗎？」

「有！」封平瀾再度舉手，「請問徵男友的部分有年齡限制嗎？外表有沒有特殊要求？」

眾人錯愕。殷肅霜也皺起眉。

「你問這個幹嘛？」

「你的品味也太差了吧！」

封平瀾抓了抓頭，「呃，我想介紹理睿給他，理睿剛好也在徵女友，他又很漂亮……」

雖然個性有點特別。

「噢！這孩子嘴真甜！不用介紹別人了，姐姐想要你！」

「別開玩笑了！這傢伙是男是女都還不確定啊！」

「是男是女我都可以唷。」

「安靜！」殷肅霜再度斥喝。「到此結束。該走了。」

他催促著眾人離開，踏上那道深邃的樓梯，自己卻留在原地。

「班導不走？」封平瀾詢問。

「你們先回車上，我隨後就到。」

「喔。」封平瀾應了聲，接著看向蜃煬。

蜃煬勾起媚笑，「怎麼？真的迷上我了？」

「那個，你的手還好嗎？要不要包紮呀？」

蜃煬愣了愣，接著揚起淺笑。「不用。」他伸出舌頭舔舔指尖，「我習慣了。」

「噢。」封平瀾點點頭，「那，拜拜！」追上同伴的腳步，離開地下室。

蜃煬看著封平瀾的背影，直到對方消失在樓梯間才轉回頭。

「我喜歡那小子。他叫什麼名字呀？」

「不關你的事……」

蜃煬聳了聳肩，「話說，協會怎麼那麼謙虛呢？」他漾著奸笑，看著殷肅霜，「駕馭六名妖魔的少年召喚師？有這樣的人物存在，協會竟然不吭聲？真是驚人，害我差點嚇尿了呢……」

「……他的身分是機密。」

「又是理事長的意思？」蜃煬露出了然於心的輕笑，「他干涉的事可真多呢，管理學校對他而言似乎太輕鬆了些——」

殷肅霜猛地伸手，揪住了蜃煬的白袍衣領。

「別忘了，你之所以還能在這苟延殘喘，是理事長出手相助的結果。」低沉的嗓音，吐出冰冷的警告。

「你覺得讓這樣的我活著，對我而言是種恩惠？」蜃煬輕笑。

「我不認為你是同伴，也不認為你是人類。但你似乎站在我們這一方，所以我願意忍受你的存在……」殷肅霜放開蜃煬，「不要挑戰我的底限。」

「放心。」蜃煬舉起手指，在嘴前打了個叉，「我就算知道了什麼也不會說的。順帶一提，我非常感謝理事長的救命之恩，真的。」

殷肅霜冷冷地看了這曾是自己同伴的人片刻，皺起眉。

「……好自為之。」丟下這句不算問候的問候，殷肅霜轉身離去。

所有訪客離開，地下室只剩下一人。

蜃煬趴回桌面，側頭盯著桌面上未完成的拼圖。

「太有意思了……」他輕笑，「我什麼都知道……什麼都不會說……」

他非常感謝理事長讓他苟延殘喘。從剛才開始。

若是不是那自以為是的聖人，他可沒機會觀看到這麼有趣的戲碼。

啊啊，真的太有趣了。而且只有他一人知道，一人獨享。

過癮。

帶著傷痕的長指隨意拾起一塊拼圖，放在眼前打量片刻，接著按向那未完成的圖畫，與另一枚拼圖嵌合。

「究竟是哪一邊的版圖，會先完成呢……」

桌面上的拼圖原貌，是布勒哲爾的名畫《叛逆天使的墮落》(The Fall of the Rebel Angels)，畫面上方是天，下方是地獄，天使與墮天使在天上與地下交戰，勝負未分。

上方與下方各完成了一半，正中央的米迦勒與路西華都只有零星的碎片，不成樣貌。

壓下去的那一片拼圖蓋在上方，米迦勒手中的聖劍現形。

回程的路上，封平瀾閱讀著從蜃煬那裡取得的資料。

「要出國呀……」他從沒出過國，忍不住咋舌，「這個……機票和住宿影校會幫我們安排嗎？」都已經負債了，要是旅費得自付，他們只能用空寶特瓶組裝小竹筏一路划過去啦！

「不會。」殷肅霜一邊開著車，一邊淡然回應。「任務中的食衣住行都由委任者自行安排，所需的費用協會買單。」

「這麼好！」眾妖眼睛一亮。

「每一筆帳都會檢核，非必要的私人開銷協會不接受。」殷肅霜看穿其他人打的主意。「你們還是影校學生，經費由影校代為申請，只要列出清單就好。需要偽造身分或證件，影校也會協助處理。」

「哇，真方便！」封平瀾點點頭，「這樣就省事多了！」

百嘹撐著頭，笑著應和，「是呀，真方便。」他意有所指地開口，「感覺像是度假，不像工作呢，呵呵呵。」

影校屢屢釋出善意，他實在好奇這背後的目的是什麼。任何好處都會有代價，他們享盡好處，但還不曉得代價是什麼。

這樣令人有些不安吶……

殷肅霜聽出百嘹的懷疑，「你們以影校的名義執行任務，若是成功的話，功勞歸於影校。這有助於提升我們在總會裡的聲望和勢力。」也就是說，影校能從中取得好處。

「要是失敗了呢？」百嘹追問。

殷肅霜冷笑，「那也只是證明有些工具耐看但並不耐用，可以盡早捨棄。」

百嘹挑眉，「還真會算吶……」

這是個測試。任務的通過與否不是重點，重點是為了測試他們有多少利用價值。

成功的話，影校不僅贏得名聲，還能高枕無憂地讓優秀的棋子為自己賣命；失敗的話，也只不過是讓外人以為校內出了幾個不成材的學生。

彼此利用呀……既然這樣，他們也不用客氣了。

「對了，如果可以找社內同學幫忙，代表這些任務可以公開嗎？」

「任務內容基本上只有委任者知道，但沒有硬性規定需要保密，有些召喚師會刻意洩露消息打草驚蛇，觀察動向，這是一種手段。如果你想張揚的話，就得自己承擔失敗的風險。」殷肅霜看了後照鏡一眼，「把窗戶關上，璁瓏。不准沿路排放嘔吐物……」

璁瓏還沒開口反駁，墨里斯搶先開口抱怨，「為什麼不行？我可不想一路聞那臭味回去！」

「因為會有危險。」封平瀾打岔，「我們在高速公路上，根據慣性定律，璁瓏吐出去的東西會以時速九十公里向後飛行一小段才落下，如果後方來車是敞篷車或重機，在高速撞擊之下，嘔吐物也是能打傷人的，我可以列算式給你——」

「夠了！閉嘴！」墨里斯不耐煩地斥喝，接著瞪向璁瓏，「到時候出任務你給我自己游去日本。」

璁瓏虛弱回瞪，「才不……我一直想搭飛機……唔噁……」一陣反胃襲來，他趕緊摀住嘴。

「媽的！轉過去！你要是敢灑出來，我會連同抹布一起塞回你嘴裡！」

「安靜！」殷肅霜低吼。

封平瀾繼續翻著資料，將目光偷偷移向坐在身旁的海棠。

從接下任務後到上車回程，一路上海棠都不發一語，若有所思。

「海棠為什麼想選京都呀？」封平瀾好奇開口。

「不關你的事……」海棠看著窗外，臭著臉回應，擺明不想多談。

但封平瀾向來不擅長看人臉色，繼續興高采烈地追問，「是不是京都有你喜歡的東西呀？是什麼？和果子？還是美妝用品？」他停頓了一下，用力擊掌，「我知道了，是藝伎對不對！海棠是不是想和美豔大姐姐玩拉腰帶轉圈圈那一招？哎唷好色喔！呼呼呼呼！」邊說邊用手肘頂了頂海棠的腰。

海棠反掌，用力將封平瀾的手拍下，「滾開！」

封平瀾看著自己發紅的手背，睜大了眼，望著莫名其妙發火的海棠。曇華為難地看著海棠與封平瀾，想說些什麼卻又無法開口，只能掛著歉疚的表情。

「海棠，你……」

海棠咬牙，似乎對自己的失控感到懊惱，但又拉不下臉道歉，只能悻悻然地撇過頭，望著窗外生悶氣。

「我知道了。」封平瀾露出了然於心的表情，「海棠也暈車，對吧？」

海棠皺眉。「我不——」他想反駁，但還來不及說完話，肩膀忽地被向後拉扯。

他感覺自己的臉頰撞上了溫暖而柔軟的觸感，那不是椅墊。下一刻，封平瀾的大臉自上而下，映入眼中。

他的頭枕在封平瀾的腿上。

「來來來，躺著躺著，一直看相同的景色會更暈。」封平瀾笑道，同時手掌輕輕撫上海棠的肩和頭。

「我沒有暈車！」

「噓噓，我知道，不用逞強啦。你沒吐出來已經很厲害了。」

璁瓏不滿地瞪了封平瀾一眼，但沒力反諷，因為此刻的他處於岌岌可危的狀態。

「這不是——」

海棠眼前一黑，封平瀾的手覆上了他的眼。

「噓，安靜休息。」封平瀾一手蓋在海棠臉上，另一手揉按著海棠的頸子。

海棠本打算直接起身，但頸後傳來那陣舒適的感覺讓他難以抗拒。他不得不承認，封平瀾按摩的技巧真是該死地好……長年因練武而緊繃的肩頸，隨著那略帶痠痛的力道紓解。

算了……能讓那傢伙閉嘴不來煩他的話，這樣也好……

反正封平瀾以為他暈車，正好給了他臺階下。海棠不再吭聲，默默地躺著裝病。

眼前一片黑暗，體溫、肌膚的觸感托在頰旁。久遠以前的記憶被勾起。

當他還很小的時候，也被這樣照料呵護著。那是他偶爾會懷念起的美好時光。

當他還住在京都、被人喚作「棠君」的時候……

海棠靜靜地躺著。舒緩的感覺讓他放鬆，不知不覺陷入睡夢。

「看來他真的很累。」封平瀾看著睡著的海棠，笑著輕語。

百嘹轉過頭，笑睨著封平瀾，「你很適合當保母。」

「哈哈還好啦。百嘹也想要嗎？」封平瀾拍了拍空著的那條大腿，「這裡還有位置唷。」

「不了。」百嘹轉過頭，「我不想把頭放在男人的胯下附近。」

「為什麼？是擔心被小平瀾頂到嗎？放心放心，它現在有如幼雛，安詳地蜷伏在巢裡，完全沒有振翅高飛的跡象……」

「閉嘴！」幾乎全車的人同時開口。

睡夢中的海棠被驚醒，發現自己竟然在外人面前睡著，發出了聲惱怒的低吟，接著趕緊坐起身，靠著窗，不再開口，不再理人。

週一中午，封平瀾把社員聚集到醫療中心，奎薩爾的辦公室。

社團研究社沒有獨立的教室，好處是社團成立時能迅速通過核可，壞處是必須自己找空間，或是借用奎薩爾的辦公室當據點。

更正，只有對奎薩爾而言是壞處。

「打擾啦！」一踏入辦公室，封平瀾立即深吸一口氣，「嗯～奎薩爾的味道。」

奎薩爾坐在辦公桌後，冷著臉看著魚貫而入的學生，表情更凜冽了些。

封平瀾的契妖們沒來。昨晚已大致討論過了，他們不了解人類社會和召喚師的生態，所以前置作業交由封平瀾和其他社員處理，眾妖主要負責的工作是戰鬥，其他細節交代完之後見機行事即可。

蘇麗綰客氣地對奎薩爾點頭示意，伊凡和伊格爾識相地坐到離奎薩爾最遠的位置，海棠大剌剌地坐上診療床，宗蜮則繞著人體模型打轉。

「爛死了……肌肉的線條和血管真粗糙，眼珠的潤澤也沒做出來……」宗蜮搖搖頭，轉頭望向奎薩爾，「需要我幫你換一個更逼真的嗎？」

奎薩爾沒回答，但冷厲的眼神透露了答案。

柳浥晨不知什麼原因請了一週的假，所以沒到場。

「你最好是有好玩的事要宣布。」伊凡雙手環胸，「這個社團成立之後就再也沒有聚集過了，害我好失望吶！」

封平瀾勾起笑容，「當然有！」他亮出從蜃煬那裡得來的檔案，遞給伊凡。

伊凡翻了翻，驚呼。「賞金任務?!」

「沒錯！」

封平瀾概略地說明案件，伊格爾和伊凡翻閱檔案，蘇麗綰則專注地聽著。海棠已經知道經過了，所以懶散地玩著手機。

只有宗蜮異常安靜，一直盯著伊凡手中的文件。

「大概就是這樣。」封平瀾解說完之後，雙手合掌，露出拜託的姿態，「希望大家可以幫忙，賞金分配我想等任務結束後再討論，這部分希望大家手下留情呀！」

「我那份可以不用。」蘇麗綰開口，「因為這是很難得的機會，用錢買不到的珍貴經驗，謝謝你讓我參與。」

「麗綰，妳真是天使！」

「我們也不缺錢，獎金全歸你都可以。」伊凡放下檔案，嘖嘖稱奇地看著封平瀾，「很少有學生能接賞金任務，這不只是能力問題，要讓校方同意並出面當擔保這是更加困難的任務，你這傢伙到底是什麼來頭啊？」

封平瀾乾笑幾聲，「我只是個無名小卒啦……」

伊凡翻了翻白眼，「最好是。」算了，召喚師不願透露身分是很常見的，他也不想刻意挖人隱私。

況且，封平瀾能和六妖定約，又能讓影校這麼挺他，一定大有來頭。他可不會蠢到因小小的好奇心而得罪對方。

「這幾件案子的受害者都是重要人物，來自各個國家。俱樂部的領導者、成員名單、集會的內容，全部成謎，檔案上記錄的只是其中一部分。而且每次聚會都由不同的會員負責籌備，而每次都會有新人加入。」封平瀾開口，說出昨晚思考過後的計畫，「這週五他們就要聚會了，在情報不足的情況下，要偽造身分混入其中太過困難。我們只能偽裝成旅客，投宿同一間旅館，想辦法進行調查，順便搜集資訊，做為日後潛入組織的憑據。簡單來說，整個流程就是變更身分、入住飯店、進行調查。」

「還真是容易喔！」伊凡反諷地開口。

事前能準備的越少，不確定的因素越高，風險也越高，完全考驗臨場反應。

「我想應該沒什麼問題啦，大家上次演得就不錯呀！而且這次學校會幫我們準備所有需要的東西，一定沒問題的！」

「我們要扮演什麼身分？這個時節突然冒出一群觀光客投宿未免太可疑，住的還是那麼高級的飯店。」

「哼哼哼，我早就想好了。」封平瀾得意地宣布，「我們要扮成巡迴表演的樂團！」

「啊？」

「這樣會不會太高調？」蘇麗綰猶豫。

一般而言，不管是刻意經營的第二身分，或是短期偽裝的身分，都會選擇較平凡無奇的角色，以免引來注意。

「演藝人員到外地活動都會有人陪同照料，這樣的人數剛好符合我們的需求，住進豪華飯店也非常合理。加上藝人重視隱私，可以說服飯店給我們更多私人空間，少來關切打擾。所有鬼祟可疑的行動，都可以解釋成躲避粉絲。」封平瀾興奮地解釋，「怎樣，不錯吧？」

眾人面面相覷。確實，以當下的處境而言，扮演成演藝人員是非常完美的身分。

「可惜班長不在，她看起來很有經紀人的架勢。」

「什麼時候出發？」

「星期四早上。聚會時間是星期五晚上，受邀者前一天會入住。我們早點到，可以做更多準備。」封平瀾停頓了一下，略微退卻地開口，「這樣的安排大家能接受嗎？都願意參加嗎？」

「當然！」伊凡一口答應，「我等很久了！就知道跟在你身邊一定會有好玩的事！對吧，伊格爾？」

伊格爾似乎有點遲疑，搖搖頭，又點了點頭。

封平瀾看不太懂伊格爾的意思，「伊格爾不想加入嗎？沒關係的，不用勉強。」

「不是……」伊格爾沉聲開口，「不是為了好玩……」他停頓了一秒，似乎有點靦腆，「因為是朋友……」

封平瀾眨了眨眼，咧起深深的笑容，「謝謝啊！」

「我得知會家裡一聲，但應該沒問題。」蘇麗綰苦笑一聲，「不過，不曉得終絃是否願意協助就是了。」

「不差他啦。」伊凡不以為然地揮了揮手。

封平瀾望向尚未表態的宗蜮，「那小蜮兒……」

「我會去。」宗蜮低聲回應。

社團研究社社員，除了柳浥晨，全部出席。

「檔案可以借我拿去影印嗎？」蘇麗綰開口詢問。

「那不能複製。」宗蜮忽地開口，「那上面有血印，防止複製和資料外流。除非刻意破解，不然只會印出像血管一樣的雜亂紋路。」

「你怎麼知道？」封平瀾好奇。他突然想到，蜃煬曾提過有個堂弟今年入學，而且擅於偽造屍體──「你就是蜃煬的堂弟呀？」

宗蜮臉色一沉，那總是詭笑著的嘴角抿成一線，表情變得非常複雜。

「沒想到處處都有熟人。」封平瀾笑著開口，「哈哈，他是你堂姐嗎？」

「他不是我堂姐……」宗蜮陰沉低語，「他不是男也不是女，不是人類也不是妖魔……什麼都不是。」

只是個因愚蠢理由犯禁、被逐出家門、受到協會列管監控的階下囚，只是條苟且偷生的看門狗。

「這樣喔。」封平瀾抓了抓頭，「不過他好像頗喜歡你的，一直誇獎你的說！」

「不需要……」

「啊呀，被人由衷肯定是件值得高興的事啦，這代表有人在意你呀！」封平瀾拍了拍宗蜮的肩，「如果都確定的話，我等會兒就交出清單請班導幫忙準備囉！」

夜晚，影校。柳浥晨依然沒出現。封平瀾原本打算趁武術練習課時詢問葉珥德，沒想到連葉珥德也請假。

「葉珥德也請假？」封平瀾靈光一閃，「這代表——」

他猛回過頭，往教師群的方向望去，便看到那頎長的身影面帶難色地站在中央。

「奎薩爾，你今天代課嗎？怎麼不提早和我講一聲，這樣我就能早點來準備！」封平瀾衝向奎薩爾，開心地詢問。

奎薩爾淡淡地望了封平瀾一眼，沒做回應。

他是傍晚時接到代課通知的。他沒有義務向任何人報備自己的行程。

看著封平瀾興奮的表情，他突然覺得有些刺眼。

上課鐘響，待學生聚集完畢後，和上回一樣，奎薩爾站上臺，冷聲宣布自行分組練習，接著下臺，站在西洋刀劍組附近的角落旁觀。

封平瀾一直沒有固定的練習對象，上回雷尼爾挑釁事件後，同組的人都不太敢和他一起練習，因此葉珥德總是會召出使魔與封平瀾練習對打。但今日葉珥德請假，封平瀾又變回獨自一人。

他一邊練習，一邊期待地偷偷盯著奎薩爾，但對方並沒有過來指導的意思。

封平瀾不死心，刻意使出幾個破綻百出的笨拙動作，然後瞄了奎薩爾一眼。對方依舊袖手旁觀，目光甚至根本沒在看他。

封平瀾偏頭想了一下，走向另一隅對招得正激烈的兩人。

「嘿，雷尼爾！」封平瀾趁著對方練習的空檔，熱切地揮手。

雷尼爾停下動作，與他的同伴一同戒備地看著封平瀾。「你來幹什麼？」

封平瀾咧起天真的笑容，「可以和我練習嗎？」

雷尼爾挑眉，「你想怎樣……」

「你可以盡量攻擊我，越狠越好！」封平瀾停頓了一下，「不過可以的話，希望別真的戳傷我，謝謝啊。」

雷尼爾皺起眉，不明所以，「你到底有什麼目的？」

「啊呀，說來慚愧。」封平瀾有點不好意思地開口，「我想說和你對打的話，奎薩爾就會過來制止，和我練劍。」

雷尼爾不可置信地瞪著封平瀾，以為對方是在整他，他從來沒聽過這種要求。

「別開玩笑了！他是你的契妖，你命令他不就好了?走開!別礙事！」

「雷尼爾真沒有情調耶，用命令的就沒意義了啦。」封平瀾笑著逕自牽起雷尼爾握著劍的手，「來吧!雷尼爾!用你那銳利的寶劍貫穿我吧！」

雷尼爾整張臉揪成一團，一副碰到髒東西的模樣，他甩開手，往褲管抹了好幾下。「你這傢伙根本有病！」

「我想說這樣比較有戲劇效果。」那些句子是從希茉留在廁所裡的小說看到的。書裡有著非常隱晦的暗示性文句，看得出是兩男一女的激戰，還來不及細看就被希茉搶回。

「住手！」一道人影伴隨斥喝衝來，介入封平瀾與雷尼爾之間。

海棠遠遠看見封平瀾和雷尼爾在一起，以為又有衝突，立即跑過來。

「這廢物又來找碴？」海棠一邊詢問封平瀾，一邊怒瞪著雷尼爾。

雷尼爾的火氣瞬間被挑起，「是這變態先找上門的！」

「狗屁！你當每個人都和你一樣蠢？不知教訓的垃圾！」

「不知教訓的人是你！」

「噢，別為我吵架。」封平瀾露出困擾的表情，接著宛若聖母一般張開雙臂，搭在海棠和雷尼爾的肩上，「平瀾是大家的，不用搶。不然這樣好了，你們兩個一起上吧！」

「你給我閉嘴！」雷尼爾和海棠同時斥喝。

雷尼爾甩開封平瀾的手，嫌惡地瞪著海棠，「你們全都是變態！」

「你在搞什麼！為什麼要招惹雷尼爾?!想報復也先秤秤自己的斤兩！」

「噢，我沒有要報復啦，只是出於私人動機的友好互動。」封平瀾轉了轉眼，「海棠是在關心我嗎？」

「閉嘴！白痴！」海棠怒斥，氣沖沖地扭頭返回自己的練習組別。

封平瀾聳聳肩，只好默默地回到原本的角落，自己揮劍練習。

「你不教他嗎？」教師之一的淵鵠經過，好奇地詢問奎薩爾，「那孩子資質不錯，我看你上回指點了他幾下就有顯著成效。」

奎薩爾淡淡地看了那奮力舞劍的封平瀾。

確實，姿態和架勢進步了不少，但還有些明顯的破綻和缺陷。只要稍加指點，會進展得更加神速，更加完美。

壓下心底那隱隱躁動的念頭、想打磨那塊樸玉的欲望，奎薩爾冷冷低語，「……不了。」

他不打算放太多心思在封平瀾身上。那不是他該專注的。但他發現近來封平瀾漸漸地占據了他更多的思緒。

他覺得那是種冒犯，對自己的冒犯，對雪勘皇子的冒犯。

他不想留下太多東西。

留在人界。留在心裡。

Chapter6

到朋友家拜訪，總是會發現些尷尬的東西，未必是藏在床底下

影校的行事效率非常快。週三一早，所有封平瀾列在清單上的必備品全都準備好，送到了奎薩爾的辦公室裡。裡頭包含一張金融卡，支付任務時的開銷。

「我們會審核每一筆帳目，不合理的款項會向你們追討。」殷肅霜再三提醒。

「不能直接從獎金裡扣嗎？」璁瓏反問。

「那也得確定你們拿得到獎金。」殷肅霜冷聲警告，「別小看賞金任務……」

週四早晨。九點飛往關西國際機場的班機，頭等艙被一批十二人的團體包下。

成員年齡約二十到三十歲之間，其中六人戴著太陽眼鏡，上了飛機也不願脫下。雖然大半張臉孔被黑色鏡片遮擋，仍掩蓋不了那俊美出色的長相。

他們唯一的要求就是希望不被打擾。飛行過程中只按過一次服務鈴，要求更換塑膠袋。

空服人員竊竊私語交換情報，揣測頭等艙客人的身分。

「聽說是很有名的獨立樂團……」

「團名是什麼？」

「不知道，他們不肯透露。」

「幹嘛這麼神祕啊？」

「藝人都這樣嘛。而且團員這麼帥，一定有不少瘋狂粉絲，應該是怕被騷擾吧。」

當空服人員正在休息區熱烈討論時，豪華寬敞的客艙內，則是一片寧靜。

百嘹、奎薩爾、墨里斯、冬犽、璁瓏、終紘偽裝成六人團體，其餘則裝扮成工作人員。透過宗蜮高超的變裝術，每個人都蛻變成截然不同的樣貌。大部分的人對自己的身分沒太多意見，但伊凡對此安排略有不滿。

「為什麼我是工作人員？」伊凡質問。其他契妖都演巨星，只有他是打雜的，有種被排擠的感覺。

「你沒有明星的霸氣。」百嘹笑答，笑裡有股高人一等的傲岸與魅力。

「是嗎？那他呢？」伊凡指著璁瓏。從車上暈到機上，從地面暈到空中，璁瓏的臉色差得像是隨時要往生的病人。

「正因為他廢，所以若不是明星，沒有人會想帶著這麼廢的人同行。而我們需要你來打發多事的人類。」

「為什麼？」

百嘹笑了笑，「除了我，你是這裡頭心眼最壞的。」其他人太單純，應付不了成人世界的心機。

伊凡挑眉，「好吧。」他接受這讚美。

璁瓏在飛機還沒離開地面時就開始不適，到天空上時就開始狂嘔。雖然隨著飛行有好轉一些，但仍然面色如土。

他想開窗，但發現窗戶沒辦法開啟，原本想以蠻力撬開，但被經過的空服人員制止。

「他有點興奮。」百嘹燦笑，「別擔心。」

空姐點點頭，回到機組人員休息室立即分享最新情報——藍髮的團員嗑藥嗑茫了，果然是紙醉金迷、墮落靡爛的演藝圈呀。

封平瀾的契妖全坐在靠窗位置，雙手貼在窗上，目不轉睛地盯著窗外的景色。奎薩爾雖然不像墨里斯他們那麼直接，但紫色的眼眸也忍不住地被外頭的天光雲影吸引。希茉一上機就豪邁地向空服人員要了一整瓶酒，一開始還優雅地倒在杯裡品嘗，到後來直接就著瓶口狂飲。墨里斯的視線則被座位上的小電視給吸引，一邊洗頻一邊往外看風景，非常忙。

冬犽對那潔淨的機上廁所讚不絕口，馬桶的獨特構造和運作方式也深深擄獲他的心。

百嘹在飛機穩定飛行後就突然不知去向，好一陣子後才回來，手中還帶著一盒高級糖果禮盒，蹺著腳愉快地嗑著包裝精緻的小糖球。

墨里斯斜睨百嘹一眼，「私人消費影校不會買單。」

「我知道。」百嘹笑著舔了舔指尖，「這是贈品。」

「頸子上的抓痕也是贈品？」

「噢，不。」百嘹以指尖撫了撫脖子上淡紅色的痕跡，「這是代價。」

墨里斯搖頭，把目光放回小電視上，上面正在播放電影「貓狗大戰」，他的表情非常凝重，顯然是為貓派的未來憂心。

伊格爾戴著耳機，聽著機上的音樂頻道，放空。伊凡則是跑去找柳浥晨閒聊，雖然對方一直沒什麼耐性地愛理不理。

宗蜮一上了飛機就開始畫圖，蘇麗綰則是在看書，雖然她的目光總是偷偷地望向坐在身旁的終紘。她很訝異終紘會答應同行協助。

終紘此時穿著名設計師的襯衫和皮外套，下半身則是剪裁合身的長褲。清俊的臉上戴著墨鏡，即使上了機艙也不願脫下，似乎對這身裝扮感到既不習慣又羞恥。

這是蘇麗綰第一次看見終紘穿著中式長袍以外的服裝，而且就在她的面前。平時終紘總是待在鏡中結界，即使是影校課程或回到家後，也總是刻意避開她。

這是千載難逢的機會。她一直藉著翻書，假裝不經意地往終紘的方向看去。

「看夠了嗎？」終紘望著窗外，冷語。

「啊，抱歉……」蘇麗綰低下頭，但嘴角仍噙著淺笑，「我從沒看過你這種模樣，所以一時間失態了……」

「妳是在消遣我嗎？」終紘皺眉。他的目光被太陽眼鏡擋去，但蘇麗綰仍能感覺到對方嫌惡的眼神。

「不是。」蘇麗綰不以為意地揚起笑容，率直開口，「我覺得很好看，所以想多看幾眼，記熟一些。」

終絃微愕，沉默了一秒，低聲警告，「白沙在涅，與之俱黑。妳的言行和那姓封的傻子越來越像了……」

海棠一路上都很安靜，隨著距離目的地越來越近，臉色也越來越凝重。

至於領隊封平瀾呢？因為前幾晚為了搜尋資料思考對策，睡眠不足，一坐入頭等艙那豪華而舒適的座位，便陷入了夢鄉。

封平瀾的位置在奎薩爾的旁邊，頭等艙的座位寬敞，間隔也大，雖然是臨近的位置，中央也隔了段距離。

「奎薩爾……」含糊的咕噥聲細細地響起。

奎薩爾靜靜聽著，但等了片刻都等不到下文，他漠然回首，赫然發現封平瀾是在說夢話。

奎薩爾微微蹙眉，正要轉回頭時，又聽見了另一聲低喚。

「靖嵐哥……」

靖嵐？他對這名字有微弱的印象。那是封平瀾哥哥的名字。

不曉得封平瀾的親人是什麼樣的個性，什麼樣的人物？是不是和他一樣憨傻，一樣瘋狂？

他突然發現，封平瀾從未向他們提起自己家裡的事，甚至也沒看過他和家人有任何聯絡。

在他的認知裡，生在太平國家的人類，未成年者通常和家庭有著密切的關係。但封平瀾的狀況似乎不是這樣。

奎薩爾發現，他對封平瀾一無所知。

他同時也發現另一件令自己懊惱的事——他開始在意封平瀾的過去。

封平瀾睡夢中的容顏，少了平時慣有的傻笑，竟讓人看起來極為不習慣。他不禁好奇，笑顏底下，是全然真誠的喜樂，還是——

該死，停止思考。

不該這樣的……

飛機抵達關西國際機場。出了海關，遠遠就看見旅館的人舉著牌子站在外頭等候。

封平瀾一行人有種刻意低調的搶眼感，一路上不少人投以好奇的眼光，但就是沒人知道他們究竟是誰。

飯店人員也接到消息，知道這批貴賓來頭不小，絕對不能怠慢，甚至派出小巴士來接機，但他們也不確定這批巨星究竟來自何方。

看著這架勢與陣仗，沒人敢多問，就怕得罪了貴客。一定是某國的巨星，眾人如此猜測。

前往飯店的路上，璁瓏繼續暈車，乾嘔聲不絕於耳。

「他哪來這麼多東西可以吐啊？」伊凡揪著臉，瞪了那擾人休息的噪音源一眼。

「水系妖魔。」百嘹笑答。

經過約莫一小時左右的車程，便來到千年古城，京都。

車子穿越某條道路時，海棠目不轉睛地往外看，甚至在車子駛離時手還搭在窗邊，向後張望。認真而專注的神情，連陪同的飯店接待者都注意到了。

「那條路盡頭有一間神社，據說有六百年的歷史。外觀非常漂亮，但不對外開放，只讓特定家族成員和親族參拜。」接待員以帶著濃厚腔調的中文說著，「但外圍很美，外林和鳥居都可以參觀拍照。」

「我知道。」海棠坐回座位，喃喃低語，「我知道……」

他們入住的旅舍名為濯雪清苑，是當地非常有名的日式旅舍，外觀維持著百年前創建的樣貌，古色古香，清麗雅緻。

旅舍經營者和協會的召喚師是遠親，過去協會高層也曾到訪，但正因如此，影校擔心這層關係會讓被調查者產生顧慮，因此並未安排其他支援，旅舍裡也沒有任何內應。封平瀾一行人完全照正常程序登記入住，和一般客人一樣，沒有任何特權，所有的需求和情報都得靠自己取得。

這是個非常大的挑戰。

下了車，穿著精緻和服的女侍已領人等在門口迎接，迅速地將行李卸下，運至客房。其中一人引導眾人前往櫃檯登記入住。

「非常感謝您們的光臨。」櫃檯女侍客氣地招待寒暄，「沒想到淡季裡竟有這麼多貴客到訪，和旺季不相上下，相當熱鬧呢！」

「什麼？妳的意思是還有別的客人？」伊凡用力地翻了翻白眼，不客氣地開口，「枉費我特地訂這麼高檔的旅店，還以為閒雜人等會少一些。真是……」

「請您放心，不管入住的客人有多少，都不會影響服務品質，絕對會確保每位貴客都有安心休息的空間。」

「我們團員的身分特殊，不想被外人打擾，希望貴旅舍不會向外頭透露他們的行蹤。我可不希望在其他飯店上演過的鬧劇重演，對方還號稱是五星級，結果呢？哼！」伊凡用力哼了聲，將囂張勢利經紀人的形象拿捏得維妙維肖。接著轉過頭，以華語和封平瀾等人交代入住的注意事項。

雖然在妖魔的咒語之下不會有語言溝通障礙，但還是營造出除了經紀人以外、其他成員完全不懂日文的氣氛。如此一來若調查時不慎被逮到，還可以推說是語言不通而造成誤會。

房間位於旅舍西隅，訂的是兩間六人和室，但和室中央的門扉互通，拉開的話會變成一間相連的大房間。

待女侍離去，希茉立即設下音壁，阻隔聲音，冬犽也在房間周圍設下結界，一有人經過就會響起警告。

撤下冗贅的裝扮，全員鬆了口氣。

「這是旅舍的平面圖。」封平瀾拿出預備好的資料夾，抽出裡頭的紙張，一一攤開，「我們的位置在這裡。」他把圖片角落的一塊方形用螢光筆圈起。「這一區似乎都是六人以上的大房間。目前除了我們，沒有其他團體客人。然後這一排，」他圈起另一道與角落房間垂直的房間。「這邊是雙人房區，這裡是四人房區，大部分客人住在這裡，除了少數幾間是一般遊客，其他都是與綠獅子集會有關的人。」

「你怎麼知道？」

「上網查呀。」封平瀾得意地笑了笑，「我昨天上旅舍的訂房系統試著訂房，三十五間雙人房只能再訂四間，所以至少有三十一組人入住。四人房有二十五間，還有十二間能預定，六人房則是九間裡有七間能預定。然後我在網路搜尋引擎輸入飯店名字，搜尋最近三天內發表的相關文章，找到了十四篇部落格旅遊文和臉書打卡，從內文得知至少有十三組一般觀光客目前住在這裡。」

這是個人人都迫不及待把自己的近況動態分享給他人、記錄兼炫耀的時代，透過網路可以輕易查看他人的行蹤。

「然後蜃煬的資料提到綠獅子成員人數不明，但從過去聚會地點的紀錄來看，至少有百人以上，算一算也和入住人數差不多。」

「你還真厲害……」伊凡不太甘願地讚嘆。雖然早知道封平瀾是特晉生，有著絕頂的腦子，但平常看慣他瘋顛白目的言行，一時間還是很難適應他精明的樣子。

「還好啦，如果能拿到房客名冊就更省事了，能知道哪些房間有人住、住了什麼人。」封平瀾抓了抓頭，「另外，這裡的大宴會廳共有四間，不確定對方會使用哪一間，但應該不難打聽，到時候可以先潛入裝設監視器或偵查咒語。大致是這樣。」

封平瀾說完看著眾人，等著聽大家的意見，但屋裡沉默許久，遲遲沒有人發言。

「呃，大家都累了嗎？怎麼不說話呀？」封平瀾看了一下錶，上頭顯示三點半，「旅館的晚餐時間是六點，嗯，再撐一下吧。」

「所以，我們要做什麼？」墨里斯慵懶地詢問，「所有的工作，需要執行的任務，直接說吧。」

「啊？我想說可以一起討論，交流意見增進情感的說。」

「不用麻煩，花腦子的事交給你。」墨里斯懶散地打了個呵欠，「我們負責配合就是。」

「是啊。」百嘹幫腔，「畢竟不是每個人都有那器官。」語畢睨了墨里斯一眼。

「他媽的你看屁！」

封平瀾看了其他同伴，見其他人也表示認同，便繼續說出自己的計畫。

「我們需要房客名冊，因為不曉得有那些人是綠獅子的成員，哪些人是一般旅客。即便是綠獅子成員，也不確定哪些人和召喚師或不從者有關。至少先把人和妖分別出來，這樣就能縮小凶手範圍，然後在他犯案之前將他逮捕。」

「要怎麼知道誰是綠獅子的成員？」伊凡提問。

「根據資料，參與者會在出席當天佩戴綠獅圖樣的金屬袖釦。那是重要的識別物，我想應該都會等到聚會那天才戴上。所以若是能找到綠釦，就能確定對方的身分。」封平瀾搔了搔頭，有點不好意思，「這個方法很麻煩，必須一間一間搜，但我一時想不到其他辦法。」

「這樣沒什麼不好。」蘇麗綰出聲安撫，「只要找東西，簡單明瞭，很好懂。」

「如果搜查時把房間弄亂了怎麼辦？」伊凡質疑，「動作要快又要維持整齊，恐怕有點困難吧？」

冬犽拍了拍伊凡，露出自信的淺笑。「放心，不會有問題的。」

「目前能做的，就是在週五前確認綠獅子的成員，然後想辦法找出凶手……」封平瀾越說越小聲，聽起來有些許不安。

「怎麼，怕了？」百嘹輕笑。

「喔，不是。」封平瀾有點心虛地說著，「其實這個計畫有漏洞，因為我不確定凶手會不會來。而且對方沒犯案的話，我們也無從確定是誰。如果為了抓到凶手而期待對方犯案，感覺又好像有點不太厚道……」

「至少不會空手而歸啊。」伊凡不以為然地開口。

「那麼，」百嘹站起身，勾起迫不及待的笑容，「開始行動吧。」燦爛的笑容化為一道金霧，消散。

契妖們各自散開，潛入其他房間。奎薩爾融入影中，影子像墨水一般擴散，滲入和室底下的黑暗空間，潛行追蹤。

房間內只剩下年少的召喚生們。

「那現在我們要做什麼？」蘇麗綰開口。

「在旅館內巡邏，如果察覺狀況不對勁，即時應變處理。噢，還要有人留守在房間裡待命。」

蘇麗綰看出封平瀾躍躍欲試，便主動開口，「那讓我留守吧。」

其餘的人起身，換上偽裝準備出動。

刷的一聲，窗戶忽地開啟，伊凡上半身探進屋中。

「差點忘了。」他遞出一張紙條，「吶，把清單上的東西買齊，人類的餐點我們無法進食。」

封平瀾接下紙張，上面列著牛奶、清酒、全麥餅乾、香草冰淇淋、山藥泥、柚子、糖、芝麻。

「山藥泥、柚子和芝麻？」其他的食物他認得，是他的契妖要吃的。

「山藥泥是終絃的。」蘇麗綰開口。

「曇華只吃柚子。」

「所以，伊凡的主食是芝麻？」封平瀾看向伊凡，無法想像芝麻怎麼當成主餐。

「有意見嗎？不要買芝麻醬，裡面摻了一堆雜質。我要純芝麻，黑的白的都可以。」

伊凡再三交代，接著消失在窗後。

伊凡離開後，其他人各自分散行動。

封平瀾在旅社內信步閒逛，就像一般客人。偶爾遇到穿著和服的女侍，對方會恭謹地點頭問好。

旅舍的造景非常幽美，不管是假山、庭院，或是水塘、迴廊，都帶著內斂而超然的清遠之感。人造屋舍與自然造景相輔相成，互相襯托，和諧而平靜。

入秋後楓葉轉紅，片片紅楓隨著微風脫離枝頭，翩然墜落，停棲在水面，倒影中的樹梢之上，落葉歸枝。夕日將樹與水染上金輝，斑斕耀眼。

封平瀾停下腳步，看著景色，感受著拂過水面的涼風。

好悠閒……一點都不像在執行任務……

幽界也有這樣的風景嗎？他突然很想把所有人都找過來，一起坐在長廊上賞景聊天。

奎薩爾喜歡這裡的風景嗎？還是，他的契妖們更思念幽界的風光？

這樣的日子，還能持續多久？

腳步聲與談話聲從前方傳來。封平瀾好奇地跟上，正好看見五名客人穿越池上小橋、往對岸樓閣前進的背影。其中有個穿著雪白長洋裝的背影讓他覺得似曾相識。

封平瀾追上，穿過小橋，正要進入樓閣時，被女侍攔下。

「裡頭有其他客人喔。」女侍親切而溫柔地說著，「如果想使用的話可以預約，需要幫您登記嗎？」

「喔，不用了，謝謝。」封平瀾忍不住往屋裡望了一眼，然後才轉身離開。

回程路上，他看見宗蜮正蹲在廂房外角落的楓樹下，不曉得在做些什麼。

看著宗蜮的背影，封平瀾勾起惡作劇的笑容，躡手躡腳地朝著那矮胖如假山的身影前進。距離一步之遙時，整個人向前一躍。

「哈！小～蜮～兒！」封平瀾從後方撲抱而上，環住了那厚實的身軀。

宗蜮沒有任何反應。

「嚇到了嗎？小蜮兒驚呆了？」封平瀾將身子探向前，看著宗蜮的側顏。

「你還在走道上時我就發現了……」宗蜮不以為然地輕哼兩聲，繼續手邊的動作。

他將土撥入面前的坑洞，將之填平，洞裡躺著一隻蝴蝶，藍黑相間的翅膀被土給染髒。

「小蜮兒在葬蝶嗎？」封平瀾拍了拍宗蜮的肩，「沒想到小蜮兒這麼多愁善感，和林黛玉一樣，哈哈哈。」

「我是在埋咒，要是有人死了，魂魄會被死蝶吸引，暫時棲附在蝴蝶身上，向我通報……」宗蜮詭笑了聲，接著冷冷開口，「你可以下來了嗎……」

他不習慣被人觸碰。

「噢，可是小蜮兒的觸感很棒的說。」封平瀾掐了掐宗蜮的腰，「肉的硬度很特別，有點像沙發又有點像枕頭。」他戳了戳那渾圓的手臂，「沒想到還挺扎實耶！小蜮兒該不會都偷偷鍛鍊吧？其實你肚子上有人魚線對不對？」

宗蜮皺了皺眉，接著猛地起身。封平瀾一時反應不及跌坐在地，但他不以為意，笑嘻嘻地拍拍屁股後站起。

「要回去了嗎？不曉得其他人調查得怎樣，等一會還要買大家的食物。」封平瀾忽地靈光一閃，「對了，小蜮兒的契妖呢？怎麼從來都沒現身過？是不是很害羞呀？他吃什麼？我們等一下可以一起買？」他笑著詢問，眼中只有單純的好奇。

宗蜮沒有回答，沉默了片刻，顧左右而言他，「海棠剛出去了……」

話題轉得有點硬，但他不想回答，也不想直接拒絕。他一直以為自己喜歡獨處，但他發現自己也不討厭封平瀾纏著他，和他互動。

「海棠走了？去買食物嗎？可是清單在我這邊，他記得要買什麼嗎？」

「誰知道……」宗蜮拍去手上的塵土，「大約五分鐘前，他的契妖帶著他翻牆走了。」

「曇華也一起？」封平瀾偏頭思考，「那，我們去找他。」

從接下任務之後，海棠的反應一直很怪異。不僅異常地安靜，而且總是若有所思。

他想知道究竟發生什麼事。

「為什麼？」宗蜮不解。

別人的事與他何干？更何況對方還是海棠。他和海棠沒什麼交集，如果不是因為封平瀾，他完全不會想和那驕縱的少爺有任何關聯。

「為什麼不？」封平瀾以為宗蜮是擔心自己被罵，「反正他天天都在罵我，不差這次啦哈哈哈！」

宗蜮想拒絕，但封平瀾逕自規劃起行程。

「要怎麼去呢？冬犽他們都在忙，我不太想打擾他們。叫旅館的人載我們嗎？還是叫計程車？可是又不確定他往什麼方向……」封平瀾碎碎低喃，看起來有些苦惱。

宗蜮皺眉。對能夠駕馭六妖的召喚師而言，應該隨便使個咒語就能移動到其他地點。但封平瀾沒了契妖，似乎就一事難成。

「你真沒用……」

「是啊。」封平瀾大方承認，「但我有你們嘛！小蜮兒有什麼方法嗎？」

宗蜮沉默了片刻，最後認命般地哼了聲。

他左右張望一陣，確定無人靠近後，低誦了幾聲咒語。

接著，厚實的身軀背後忽然開始變形，脊椎骨兩側隆起，伸出四片透明有如蜻蜓翼般的修長翅膀。

他淡然地看向封平瀾，對方露出了吃驚的表情。

「天啊……這……」

宗蜮在心中冷笑。果然……

「好厲害！」封平瀾湊過頭，目不轉睛地盯著薄翼，「這也是咒語嗎？好強喔！宗蜮好像彼得潘裡的小精靈！好漂亮喔！我可以摸嗎？」

宗蜮沉默。

封平瀾確實因他的外貌而吃驚，但吃驚的理由和他預想的不太一樣。封平瀾的驚訝純粹是出於對於未知事物的新奇，而不是看出了他為何能施展這樣的咒語……

怎麼會看不穿呢？如果有能耐駕馭六隻妖魔，怎麼會連氣息的改變都沒察覺？

「要走了嗎？」封平瀾期待地發問，「小蜮兒要用公主抱的方式抱著我移動嗎？還是要我用無尾熊抱攀著你？」

宗蜮暫時撇開腦中的困惑，淡然地牽起封平瀾的手，振翅。

他們並沒有飛起來，而是在地面上，有如踩了輪子一般高速向前游移，往海棠離開的方向移動。

「哇！」封平瀾驚呼，他沒想過會是用這種方式移動。

「他們是從這翻牆走的……」宗蜮轉彎，朝著廂房後的矮牆衝去。

眼看就快撞到牆面，但兩人並未被擋下，則是直接踩著牆面，筆直上升，翻越圍牆後，輕盈落下。

封平瀾不斷眨眼。這和被墨里斯帶著飛躍、或是和冬犽一起御風而飛的感覺不同，是一種很特別的感受，感覺好像踩在風上一樣。

宗蜮牽著封平瀾高速飄移，閃避著路上的人和車。因為有隱匿咒語，沒人注意這兩人。

「你知道海棠他們往哪去了嗎？」

「大概……」宗蜮隨口回應。

當他化身為這樣的形態時，感官會比平常敏銳，對於熟悉的妖氣更是能迅速捕捉。他追蹤著曇華淡不可聞的氣息，一路改變著路徑。

二十分鐘後，兩人在一個上坡的路口處停下。

道路蜿蜒攀上山丘，山上有片繁密的竹林，林間隱隱透著紅色的鳥居。封平瀾認出那是方才在車上接待員提到的路，海棠一直關注之處。

宗蜮也認出了。但他止步的原因不是因為到達目的地，而是感受到潛伏在山丘之中的妖氣和結界。

這是某個召喚師家族的地盤。

他有點猶豫是否要靠近，畢竟召喚師的領域意識非常強烈。

「走吧！海棠一定在前面！」封平瀾拉了拉宗蜮。

宗蜮停頓了片刻，勾起詭笑。管他的……

他邁開腳步，帶著封平瀾，像陣風般穿越小徑，進入密林之中。

蓊鬱的竹林間，隱隱可見彼端有座紅色的建築，到了半山腰時便清楚現形，那是以十二道鳥居連接而成的棧道，鳥居如拱門般在林蔭中矗立，帶著警戒與肅穆的氣息。

他們遠遠地看到兩個人影正要穿過第一道鳥居。

「海棠在那邊！」封平瀾得意地竊笑幾聲。「我們的動作比他們還快呢，一下就追上了！」

宗蜮停下腳步，斂起翅膀，變回平日的模樣。封平瀾走向石道旁的草地，躡手躡腳地小步靠近。

「噓，給他們一個驚喜！」封平瀾對著身後的宗蜮招了招手，「小聲點。」

「你怎樣老是愛來這套……」

「這樣才有趣嘛！」封平瀾笑了笑，「快點快點！」

宗蜮無奈地低吟了聲，跟上封平瀾的腳步。

海棠和曇華一路穿越鳥居，在通過第四道鳥居時，紅色的柱子閃過一道電光。

接著，穿著白色狩衣的綠髮少年忽地出現，手握長戟，鎮守在路中。

「哇！」封平瀾小聲驚呼，「那是召喚師嗎？」

「是式神，中階妖魔。」宗蜮低聲回答。

「是您？」少年看到海棠，露出驚訝的神情。

「好久不見，青澤。」曇華柔聲問候。

「你們怎麼來了？魏家的人讓您過來的？」青澤詢問。

「我想去哪裡是我的自由，沒人管得了。」

青澤聽出，海棠的出現全然出於己意。他為難地開口，「您不該出現在這裡……」

「這裡是我家，我回來還要先報備?!」海棠怒斥。

「不，不是。」青澤恭敬卻篤定地回應，「您住過這裡，但您是魏家的人……」

海棠勃然，「不過是個看門狗，你以為吠個幾聲就能阻攔我？」語畢，抽下腰飾，召出藏在結界裡的馬刀，殺氣騰騰地擺出攻擊架勢。

青澤轉動手中長戟，刃口對向海棠，「若您堅持的話。」

曇華身後浮現出數把劍，在空中排成蓮花一般的陣型。

「我說最後一次，讓開！」海棠低吼。

「我也提醒您最後一次，請回。」青澤堅定地回答，「您應該知道，您的出現會給我們帶來麻煩，您母親……滸夫人也會困擾——」

「閉嘴！」

肅殺之氣擴散，眼看一場激鬥勢在必行——

「啊啊啊啊！海海海棠棠棠呀呀呀！」

淒厲又荒唐的嚎叫聲忽地響起，同時，一道人影踩著笨拙的步伐，一邊揮舞著雙手一邊逼近。

海棠和曇華回首見到來者，露出驚愕的表情。

「封平瀾?!」

不只封平瀾，當海棠發現宗蜮那臃腫的身影時，臉色更加猙獰了幾分。

「你把所有人都帶來了？」家醜不外揚，他不想讓自家私事曝光在他人面前！

「沒啊，只有小蜮兒，我們來找你的。」封平瀾笑著回答，接著轉過頭對青澤招手，咧起傻笑，「嗨，你好呀！」

青澤微愣，困惑地看著這不速之客，「你是？」

「我們是海棠的朋友，是影校的同班同學喔！」封平瀾得意地說著，彷彿相當引以為傲。

青澤詫異，「朋友？」他看著海棠，似乎很不可置信，「您有朋友？」

「干你屁事！」海棠轉頭怒瞪封平瀾，「你們來——」

封平瀾打斷海棠的發言，逕自對著青澤開口，「是這樣的啦，我們來京都玩，然後我剛把中午剩下的海鮮吃掉，現在肚子有點怪怪的，所以順道來借廁所，」邊說邊抱著肚子，露出痛苦的神情，「沒想到海棠借這麼久，我就說在竹林裡找個地方就地解決嘛……」

青澤沒料到會有外人，而且是出於這樣的理由想入屋，一時間有點不知所措。「可是……」

「這兩位都是影校學生，是協會認可的準召喚師，非來路不明之人。」曇華趁機開口，「協會的宗旨是希望召喚師之間能彼此協助，給予支援。當下封平瀾少爺腹痛難止，想借忌部家的房間稍作休息。我和海棠少爺只是恰巧同行，並非獨自拜訪，也非刻意前來。這樣的理由是否足以放行呢？」

青澤顧慮的是海棠。讓海棠進屋會得罪魏家，但若不是以海棠的名義要求入屋，或許可以解套。

青澤遲疑了許久。當他在思考時，封平瀾為求逼真，還故意蹲在地上呻吟，偷偷用嘴巴壓著手背發出屁聲。

海棠的臉色相當難看，但他忍下，不安地看著青澤的決定。

「好吧。」青澤最後妥協，「但不能待太久。」

「耶！太好了！」封平瀾立即站起身，意識到青澤狐疑的眼光後，趕緊彎腰呻吟，「那就……麻煩帶路了……唔！」

青澤低嘆了聲，轉身領著眾人前進。在最後一道鳥居之前，他叫眾人先留在原地等候，接著入屋通報。

趁這空檔，海棠開始發飆。

「你來幹什麼！你知道這是什麼地方嗎?!青澤剛才出手要是快些的話，你那樣衝過來早就身首離異了！白痴！」

「人家關心你呀。」封平瀾嘻皮笑臉地回答，「我以為海棠獨自跑去風化區玩大人的遊戲，為了不讓你超前進度、比我們早脫離童貞，所以特地趕來制止。」接著，牽起海棠的手，「要一起變成魔法師喔！」

「你在胡說八道什麼！」海棠用力甩開手。「莫名其妙！誰准你跟來的！」

「哎唷，海棠怎麼這麼無情，要不是我冀遁，我們還進不來呢！」

海棠語塞。曇華忍不注淺笑。

「這是你家嗎？」封平瀾的注意力被前方華麗的日式建築給吸引。

朱紅與雪白為主色調的樓閣，雕梁畫棟，庭院裡擺設雕刻繁複的石燈，整體散發著華麗豪貴之氣，與旅舍的典雅是截然不同的風格。

「我以前待過……」海棠喃喃低語，「我母親住在這裡。」

「這樣喔。」封平瀾張望了一下，「很漂亮呢！」

過了不久，青澤折返。封平瀾趕緊彎腰，揪眉苦吟。

「你們可以到東院的客房休息。」青澤看了海棠一眼，似乎知道對方的意圖，「瀞夫人不在。這是霧野總管允可的。」

海棠雙肩一垂，露出明顯的失望神色。

「她什麼時候回來？」封平瀾立即追問，「改天我想親自來謝謝她借廁所之恩。」

青澤瞥了封平瀾一眼，他趕快嗚咽兩聲。

「我會轉告她的。」青澤客套地回應。

「太好了，那你等一下——」封平瀾立刻從口袋翻出一團雜物，從其中掏出筆和口香糖的包裝紙後，隨手把剩下的雜物塞回口袋。

「這是我的手機，如果她想聯絡我的話，可以打這支電話！」封平瀾在包裝紙上寫下號碼，然後慎重地交到青澤手中，「要記得喔！」

青澤低頭看了看手中皺爛的紙，又看向站在一旁一臉尷尬的海棠。

「沒想到你真的是他的朋友……」他嘖嘖稱奇，看著封平瀾，「我會記得的。」

封平瀾一行人進了屋中後，青澤帶他前往廁所。封平瀾刻意待久一些才出來。宗蜮、海棠和曇華待在和室廂房裡休息。

宗蜮趴在窗邊，看著窗外的景色，外頭有幾個巫女裝扮的少女打掃著庭院。他一邊發出詭笑，一邊用肥短的指頭在木窗上摳抓，發出刺耳的聲響。

海棠瞪著宗蜮，眉頭深深皺起。他感覺不太自在，因他很少和其他人往來。雖然因為封平瀾的關係和班上其他人一起行動，但他並不打算和任何人有多餘互動。

他也不知道要如何和其他人互動。

「巫女很漂亮……」宗蜮低喃，「紅色的裙子像血的顏色……」

「那叫緋袴。」海棠嗤聲，「沒想到你會和他一起過來。」

「喔……」宗蜮頭也不回地回應，「我也沒想到你和忌部家有關……」

「不干你的事！」

「我對你沒興趣……」宗蜮嗤了聲，「真是自我感覺良好……如果能閉上嘴、永遠安靜的話，還有那麼點可看之處……」

「你這噁心的死胖子！」海棠拍桌，「你就是這副德性，難怪沒人想靠近你！」

「人模人樣又衣冠楚楚，卻也沒人想靠近，你比我更悲哀吧……」宗蜮回過頭，「你說這是你家，千里迢迢跑來卻被拒於門外，看來連家人都討厭你呀……」

「你說什麼——」

「海棠少爺！」曇華想制止，但海棠已衝上前，一把揪起宗蜮的領子。

「生氣了？想要踽踽獨行卻又不干寂寞，你還真是好笑……」宗蜮竊笑，「到頭來，你還是渴望被關注嘛……」

「閉嘴！」

門扉忽地開啟，打斷了兩人的僵持。

「哇噢，我才離開一下，你們感情就進展得這麼快。」封平瀾羡慕地看著揪在一起的兩人。「我也要加入！」接著不顧對方的斥喝，硬是飛撲向前，左摟右抱，纏滾在一團。

「滾開！」

「你壓到我了！」

「哇！小蜮兒的胸部好軟，無法一手掌握耶！」

「放手……」

「你這白痴夠了沒！」海棠看不下去，伸手要拍開封平瀾的魔爪，沒想到反被抓住，往宗蜮的胸前拖去。

「海棠你摸摸看，很治癒喔！」

「下流——」

當室內喧譁吵鬧到不可開交時，一陣輕咳響起。

「請問，各位還要留下休息嗎？」

眾人回首，只見青澤站在門邊，以詫異而又玩味的眼神盯著屋裡的人。

海棠尷尬羞窘地推開封平瀾和宗蜮，站起身。

一行人離開廂房，在青澤的護送下來到外院。那裡已經停了輛計程車，看來是為了讓海棠等人確實離去。

坐上車後，海棠又陷入沉默，沒有解釋擅自行動的原因，也沒有解釋方才的神社與他有何關聯。

「這就是海棠選擇來京都的原因？」封平瀾笑著詢問。

海棠沒有理會。

「所以，海棠是特地來探望母親？」

「不關你的事！」

封平瀾不以為意地笑了笑，「這沒什麼好害羞的呀。」他望著窗外，淺笑低語，「我已經三年多沒看到我爸媽了呢。如果有機會的話，我也想過去找他們。不曉得他們有沒有中年發福，哈哈哈！」

海棠忍不住回頭，看著對方的臉。

頭一次，他感覺到這總是笑著關心別人的傢伙，內心似乎不像外表那樣明朗堅強。

「你……」

「啊，有電話。」封平瀾從口袋中抽出震動的手機，「喂？」他聆聽了幾秒，「喔，好的，馬上抵達！」

掛上手機，他興奮而略微緊張地開口，「有動靜了！」

Chapter7

相親是高段又複雜的詐欺，加害者同時也是受害者

封平瀾等人匆匆返回旅舍，到達房間時，所有的人都已聚集。

「慢死了，你們去哪啦？」伊凡不滿地質問。

「就……出去晃一晃。」

璁瓏以為他們去買食物，看見四人兩手空空，非常不滿。「那怎麼空手而歸？」

「還沒買到就被叫回來了嘛！」封平瀾打哈哈蒙混過去，「現在是什麼情況？」

「影子捕捉到妖氣……」奎薩爾開口。「不只一個。」

「能知道是誰嗎？」

奎薩爾搖頭，「只能確定，其中一個很強……」

為了避免打草驚蛇，他施展的探測術非常微弱，缺點是偵測到的訊息也很薄弱，只有上級妖魔才會被感測到。

「目前正在南側水塘邊的樓閣，最高的房間裡。」

「已經布下結界了。」璁瓏得意地開口，「水邊剛好是我的場域，咒語的波動可以完全消除，戰鬥力也會加乘。看我的吧！」

「你打算怎麼做？用嘔吐物噴灑敵人？」伊凡吐槽，一路上他被乾嘔聲和酸臭味搞得一肚子火。

「囉嗦！吵死了！」

奎薩爾表情微變，目光望向窗外。

「對方移動了。」他感受著影子傳來的竊竊私語，「正在下樓……」

「可能打算離開，快過去！」

「閣樓是包廂茶室，和他見面的人應該也是關鍵人物！」封平瀾指示，「我們兵分兩路，一路攔截妖魔，一路上樓，包圍會面者。」

「終於。」墨里斯轉了轉頸子，舒展筋骨，看來期待已久，「這樣才有意思嘛！」

「小心，別破壞任何設備或擺飾，打鬥造成的修繕費用協會不予支付。」冬犽趕緊開口提醒。

墨里斯低咒了聲，似乎很不滿意。

「分散行動！」

一行人在契妖的護送下，瞬間移動到水邊的樓閣。

希茉和璁瓏駐守在外，以音波和水影設立結界，將樓閣包圍。希茉的音戟往地面重擊一記，震波傳遞擴散到旅舍的其他角落，將潛藏在土地之中的蟲蛇震醒，驚惶地竄出地面，往屋裡逃。

遠處的客房產生小小騷動，大批女侍前往收拾並安撫客人。

百嘹將迷香散布在樓閣上下，迷昏未離開的客人與女侍。伊凡、冬犽則將這些人移動到安全之處。

墨里斯、奎薩爾直接從正門突破，一路衝鋒。此刻樓閣裡沒有其他人，目標有如甕中之鱉。

「在二樓轉角……」奎薩爾低聲開口。

「收到。」墨里斯將妖力集中在四肢，銳化的指爪發出森然寒光，削鐵如泥。他一邊奔跑，一邊低語，「這讓我想起戰場上的時光……」

奎薩爾也被勾起相同的回憶，「突襲十皇子傭兵的那一次。」

「對！」墨里斯笑了笑，「雪勘皇子的點子。我永遠忘不了十皇子被擄時的表情，哈哈哈！」

奎薩爾沒有回應，思緒暫時回到了當年。

他記得這是他的小皇子第一次出師。沒人想到他會先發制人，並以偷襲的手段攻擊自己的兄長，自視甚高的十皇子因此吃了敗仗。

「明知道開戰了卻沒有被偷襲的心理準備，這是敗者的失誤與無知。我們贏得光明正大。」雪勘皇子在面對兄長的責難時，坦蕩地回答。

冷峻的容顏，勾起了淺淺的溫煦。

「沒想到，現在竟然是和人類召喚師攜手合作。」墨里斯自嘲地笑了幾聲，「說實在的，感覺沒想像中那麼糟！」

奎薩爾臉色一沉，變得比原先更加寒冷肅殺。

「這只是暫時的……」奎薩爾冷聲提醒。

提醒墨里斯，提醒自己。

上樓，繞過迴廊，長長的走道兩旁是白色紙門，門上描繪著生動的山水，躍動的筆墨彷彿黑色的雲雨，黑色的血。

奎薩爾感受到的妖氣更加強烈。

「在前方！」

奎薩爾舉起手，潛伏在地面的雙劍刺出，他順手抽起，向下揮落。

影與電交纏化為兩道蛇，貼著地面，游向彼端。

「鏗！」

劇烈的金屬碰撞聲響起，耀眼的火花從轉角處迸發灑落。

被擋下了。果然是難纏的角色……

冷鬱的嘴角微微勾起。

很久沒遇見值得認真對付的敵手了……有意思。

奎薩爾將左手的劍往地上一插，刀劍沒入影中，隨即從前方天花板的燈影中出現，射向轉角。

兵器碰撞聲接連響起。

奎薩爾看了墨里斯一眼。墨里斯會意，腳步一旋，指爪一揮，身旁的紙門無聲地被劃開個大洞。他一個箭步向前，穿過房間，以直線距離衝向隱沒在走道後方的轉角，撞破木牆突襲，在粉塵和碎瓦中猛然降臨，以絕對爆破性的武力，將對方重擊在地。

「啊！」

魁梧壯碩的身軀將目標壓制在地，火燄自指尖冒出，炎系咒語結合暴力，形成難以掙脫的箝制。

「逮到你了！」墨里斯得意地朗笑。

身下的人不干受困，死命地掙扎，企圖翻身。墨里斯挑眉，「別亂動！」接著大掌一揮，重重地往對方的後腦勺巴下。

奎薩爾握著雙劍，從轉角出現。當他看見對方掉落在地的西洋劍時，臉色驟變。

那是——

「逆豎……」低吟聲從墨里斯身下傳來，「我會要你付出代價……」

「很囂張嘛！」墨里斯嗤笑，用指節敲了身下人的後腦勺兩記，抓著對方的頭髮翻面對向自己，「讓我看看壞人長什麼樣子——」

當他看見抬起頭的是那含恨的熟悉容顏時，當場愣住。

「葉珥德？」

「汝輩庸奴！還不放手！」葉珥德怒斥。

墨里斯趕緊放開，退到一邊。

「你就是那個強大的妖魔？」墨里斯突然想到更加不妙的事，「那和你會面的，不就是——」

啊，完了！

封平瀾、海棠、蘇麗綰、宗蜮、終紘與曇華從外圍空降到樓頂的露臺，潛入屋內。

他們躡手躡腳地走向走道尾端，面向池塘視野最好的那間包廂。

「裡面的人說不定是召喚師，雖然沒偵測到妖氣，但契妖可能就在附近……」封平瀾低聲對著同伴耳語。

「要直接攻進去嗎？」伊凡開口。

「裡面有談話聲……」封平瀾側耳聆聽，「先聽一陣，說不定會有情報……」

接著，一行人緩緩地朝廂房靠近，小心翼翼地將耳朵貼向拉門。

「……妳似乎很懂茶。」溫雅的年輕男聲從房裡傳來。

「清原少爺過獎了，僅是業餘水準罷了。」客氣溫和的女子嗓音接著響起。

封平瀾覺得這聲音有點耳熟，但他周遭沒有女生會用這樣的語調說話。

「妳會赴約，其實我有點訝異，畢竟之前妳總是拒絕。」

「萬分抱歉，實在是出於課業繁重，無暇亦無心顧及交際……」女子歉疚回應。

「真的是這樣？」男子淺笑了聲，「以妳的身分，就算刻意荒廢學業，也不用擔心地位受到影響。」

「那樣的行為，將會是家門之恥。」

「我欣賞自立的人。」男子率直地讚賞，「很少女性像妳一樣含蓄又謙遜。」

「很多人都這樣的……」

「對，但只有妳是真的有內涵。」

封平瀾一行人在外頭聆聽著，越聽越不對勁。

「裡面在幹嘛？」聽起來不像是在商談什麼機密。「好像是在相親……」

「會不會搞錯了？」伊凡質疑。

「奎薩爾不可能弄錯，他們和妖魔一定有關。」

「要等到什麼時候？不直接進攻？」海棠不耐煩地提問，當他發現曇華也聽得入迷時，忍不住輕斥。「曇華！」

曇華回過神，不好意思地低下頭。

「但他們還沒談到重點，說不定這只是開頭的寒暄。」蘇麗綰小聲說出自己意見。

眾人互看一眼。

「再聽一下好了。」

啊，竊聽真的是一種病，會令人上癮的病……

屋裡的男人繼續開口，「其實之前一直對您提出邀約，是出於母親大人的意思。我得承認，過去，對於妳的拒絕我感到慶幸。」

「造成清原少爺的困擾……真的很抱歉……」女子聽起來有些困窘。

「我一直以為妳和其他千金沒兩樣。但直到看見了妳，我才發現之前消極的自己是多麼愚蠢。」

「您過獎了，我絕對……配不上您——」女子的話語驟斷，發出一陣小小的驚呼，

「清、清原少爺……您怎麼……」

「抬起頭，別一直低著。妳姣好的容貌不該隱藏。」

「清原……少爺……」女子的聲音窒塞，聽起來像是在壓抑著什麼。「別這樣……」

「別那樣稱呼我，聽起來很疏遠。妳可以叫我的名字。」

廂房外的人屏氣寧神，專注聆聽。

封平瀾咽了口口水，「要不要報警啊？」警察先生，這裡有痴漢！

「他們想幹嘛？相親過程中直接繁衍後代嗎？」伊凡皺眉，「真糟糕……」

蘇麗綰示意同伴安靜。「噓！」

「但是……」

「叫我謙行。」男子堅定地開口，「我也會喚妳的本名，浥晨。」

「什麼?!」外頭竊聽中的一行人忍不住驚呼。

「外頭是何人?!」

屋裡的人叱喝，下一秒，門扉拉開。一名穿著和服的斯文男子，詫異地看著外頭的人。

門外的人躲避不及，只好站在原地。眾人目光往屋裡望去，看見了和他們一樣震驚的柳浥晨。

「是你們?!」

「嗨，班長妳好。」封平瀾揮了揮手。

「柳小姐認識他們？」男子回頭望向柳浥晨

「這……」

幾乎是同一時間，墨里斯、奎薩爾，以及渾身狼狽的葉珥德匆匆趕到。

「啊，遲了一步。」墨里斯看見穿著雪白洋裝、綁著公主頭、別著白色山茶花髮飾的柳浥晨，挑了挑眉，「妳扮成女裝還不賴嘛。」

「我本來就是女的……」柳浥晨咬牙回應，強壓著自己的情緒，努力不失控。「這是怎麼回事？」

「呃，這個……」封平瀾抓了抓頭，「一言難盡，嘿嘿嘿……」

名為清原謙行的溫雅男子看了看來者，似乎了然於心。

「這些人裡，有您拒絕我邀約的理由嗎？」他大方笑著詢問柳浥晨。

「不，清原少爺，您誤會了……」

「妳是不是吃壞肚子了？怎麼講話有氣無力的？」墨里斯皺眉，不解風情地開口。

「我第一次看見班長這麼有氣質耶。」封平瀾白目地附和。

柳浥晨咬牙，深吸了一口氣，恭謙和順地望向清原，溫婉地開口，「造成困擾真的非常抱歉，冒昧請求，希望能暫時離席，我有些話得與我的朋友談談。還望清原少爺見諒。」

「哇，班長用敬語！」

「小柳變得好賢淑喔。」

封平瀾和伊凡嘖嘖稱奇。

葉珥德怒瞪，意示他們安靜。

清原笑了笑，「他們特別來找妳，想必是有要事。不用客氣，我在這等著。」

「萬分感謝。」柳浥晨深深鞠躬，退出，拉上紙門。

接著一個轉身，狂暴而猛烈地朝著墨里斯揮拳。

一拳，兩拳，三拳。

臉上，腹上，頭上。

包裹在柔軟雪紡布料下的手臂，凶狠有勁，拳無虛發。

「唔！」被突如其來地攻擊，墨里斯悶哼，彎下腰。

柳浥晨轉頭，燃著怒火的雙眸轉向。封平瀾和伊凡立即跪下。

「大人饒命！」

柳浥晨怒視著求饒的兩人，重重地哼了聲，勉強斂起怒容。

「到角落談。」她用下巴指了指轉角處的樓梯間。

封平瀾一行人移動到角落，葉珥德則到包廂內和清原謙行道歉解釋。

一到轉角處，柳浥晨立刻厲聲逼供。「你們來做什麼？」

「啟稟班長大人，小的是來辦案的。」封平瀾畢恭畢敬地回答，把整件事情的始末大致敘述。

「賞金任務？」

「我們有傳訊息和打電話給妳喔，但妳都不接。」伊凡趕緊補充。

「呃，因為我人在日本……」柳浥晨有點尷尬地輕咳了聲。

除此之外，她不想讓同伴知道她在日本的原因，所以刻意關閉了所有通訊方式。

「我們還以為班長生病了，沒想到班長在日本度假，真好耶。」

「而且還穿成這樣。」墨里斯竊笑兩聲，被柳浥晨踹了一腳。

「這才不是度假！」柳浥晨嚴正反駁，她猶豫了片刻，才咬牙開口，「……這是葉珥德讓我退社的條件。如果想退社，就得和他安排的名門後裔相親，並且參與名流的社交活動。」

她週日晚上就來日本了，接著從週一開始，一一拜訪名門仕紳，參與名媛茶會和相親。和清源謙行的會面已經是第九個約會了。

眾人恍然大悟。

「呃，所以，我們害妳的相親搞砸了，抱歉喔……」

「無所謂。」柳浥晨豁出去般狠笑，「我原本就不想參加，你們出現得剛好，省得我費心拒絕！哼哼哼！」

「妳只要展現妳的本性就好啦。」墨里斯掏了掏耳朵，不以為然地開口。

「但那樣做的話，葉珥德會怪我不用心應對。」柳浥晨皺眉，無奈地回答。

「……所以妳還真的考慮過這做法啊……」

「班長，妳剛說參加名流聚會，是星期五晚上的嗎？」

「是啊。」柳浥晨一想到週五有一整晚的社交餐會，整個人一陣無力。

「妳也是綠獅子的成員？」海棠直截地詢問。

「綠獅子？那是什麼？」柳浥晨一臉困惑，「我會來這裡，是因為清原要求我陪他出席週五晚上在這裡的聚會。」

眾人互看一眼。

「所以清原謙行是綠獅子的成員呀。」封平瀾點點頭

「說不定他就是整個事件的主謀？」伊凡猜測。

「不可能，清原一族發跡以來數百年都和協會關係良好，絕不可能背叛協會。」柳浥晨直接否定猜測。

「那……可不可以請他幫忙調查呀？」封平瀾小心翼翼地問道。

「什麼？」

「我看那小子似乎很中意妳。」墨里斯調侃，「趁妳的本性流露之前，用那難得派得上用場的美色，讓事情好解決一些吧。」

柳浥晨露出嫌惡的表情，「胡說八道什麼！清原又不是瞎子，最好是會吃這套！」

「小柳穿這樣很好看。」蘇麗綰由衷稱讚，「要拒絕小柳的要求，很難。」

柳浥晨感到十分彆扭。「這種打扮才不適合我……」

「雖然不適合，但還是很好看。」蘇麗綰伸手將柳浥晨腦後那歪了的山茶花髮飾扶正。「我比較喜歡平時的小柳。率直豪放的小柳，有著強韌耀眼的魅力。」

「別開玩笑了。」柳浥晨不好意思地咕噥。

當她回到包廂時，清原仍然微笑著坐在裡頭等她，並未因為會面被打斷而生惱火。

「抱歉我擅自離席，如此唐突，深感愧疚。」柳浥晨跪坐在清原面前，深深彎腰致歉。

「大致的情況我已經聽葉珥德說了，妳毋須道歉。」清原笑著打量柳浥晨身後的人，目光在奎薩爾等人身上停留了一會兒，隨即笑眼移回柳浥晨，「柳小姐有許多朋友，由此可見您不是偽善之人。他們想必是被妳真實的溫婉的特質所吸引。」

「噗！」墨里斯噴笑出聲，然後假咳幾聲想要混淆過去。

「您過獎了。」柳浥晨鄭重地再次彎腰，接著抬起頭，「事實上，有一事相求……關於週五的聚會，不知能否請清原先生解釋得更詳細些？因為這聚會似乎和不從者有關，有些疑點必須釐清。」她刻意停頓了一下，確認對方並無怒意後繼續開口，「貿然帶入任務，要求您配合，實在萬分抱歉。」

清原輕笑了聲，玩味地看著柳浥晨。

「實不相瞞。我也是為了此事而來。既然妳都提了，那我也不必客套。」

「什麼？」

「清原家和政商關係良好，其中一名客戶是綠獅子的成員，之前發生的那幾起意外事故，讓他深感憂慮，所以委託我代表出席此次聚會。」清原流利地解釋，「恰巧柳小姐回應了我過去提議許久的敘餐之約，而我也缺晚宴女伴，正好可以一併處理。」

柳浥晨眨了眨眼，有點錯愕，「所以你是在利用我？」

葉珥德露出不悅之色，但仍非常有風度地保持冷靜。

「您若是這麼想，我會很難過的。」清原苦笑，「我非常認真地看待這次會面，撇開聚會不提，濯雪旅舍是京都有名的百年老店，我原本也是打算安排在這與您相見的。」斯文的俊顏帶著些苦惱，誠懇地望著柳浥晨，「我不擅與人互動，我的行為讓柳小姐感到被冒犯了？」

「喔，無所謂。」柳浥晨隨口應了聲。「我不在意。」

反正她也只是為了退社才來，嚴格來說，反而是她先利用了人家的善意。

沒想到被小小地算計了。非常好，這樣葉珥德算欠她一次！哈哈！

「柳小姐真是善良。」

「對綠獅子，你有什麼了解？」柳浥晨不再寒暄客套，直接切入重點，「裡頭的成員全和召喚師有關嗎？」

「不是，大部分是政商名流，但一半以上背後有召喚師撐腰。」

「這麼多？」封平瀾詫異。

「能爬到這種層級的人，多少知道召喚師的存在，或利用過妖魔的力量。」清原繼續開口，「會員來自各國，都是各領域的權威。聚會內容以交換政商情報為主，偶爾會有內線交易之類的非法行為，這是為什麼保持隱密的原因。成員雖多，但只有十分之一的人能接觸到真正的核心，被選中為機要會員。」

「怎樣才會被選上？機要會員又是什麼？」

「選拔方式相當隱密，且看不出任何端倪或規則，總之聚會過後，有些人離權力核心更近了一些。」

「聽起來好像後宮鬥爭喔！大家都搶著要被臨幸，哈哈哈！」封平瀾逕自傻笑，結果換來白眼。

「柳小姐的朋友相當幽默呢。」清原客氣地回應，「成為機要會員之後，能得到龐大利益，不管在政壇或商場都會異常順遂，至於這些利益是以什麼代價交換的，沒人知道。主辦人的身分不明，而那幾場意外是否和主辦者有關，也是個謎。」

「不管怎樣，凶手應該就在這群會員之中。我們只要在聚會時守株待兔，就能逮到凶手了。」

「不是這樣的。」清原否定了推測，「重點不是在夜宴當時的互動，真正的社交和私下交易，都是在宴會前在各個房間內談妥。在宴客時討論，利益糾葛不都一目了然？晚宴只是個單純的聯歡場合。今天晚上，所有賓客都會到齊，若真要探查的話，應該把注意放在今晚的客房。」語畢，笑了笑，「以上是我個人淺見。」

封平瀾用力拍手，崇拜地開口，「你好厲害喔！」

清原微愣，但還是客氣地淺笑以對，「謝謝。」

「綠獅子的袖釦長什麼樣子？」伊凡開口。

「我放在房裡，等會兒可以拿來借你們看。不曉得諸位還有什麼疑問，我絕對盡力回答。」

眾人互看了一眼。

目前已得到相當多情報，暫時沒有其他需要的資訊，只剩調查。

「你的委託人拜託你調查什麼？」海棠雙手環胸，不客氣地開口。

清原看了海棠一眼，又看了看他身旁的曇華，客套地笑了笑，「這位是忌部家的……噢，不，是魏家的少爺吧，久聞大名。」他收起笑容，「商業機密，恕無可奉告。」

海棠皺眉重哼一聲，沒再多問。

眼看當下沒話好談，相親也無法繼續，一行人準備離去。

「沒想到第一次見面，竟有如此發展，希望沒給柳小姐留下壞印象。」臨走前，清原對柳浥晨致歉。

「沒差。」柳浥晨不以為意，率直地回應，「你願意坦承，代表你這人還不壞。」反正相親失敗，她也沒必要再用千金閨秀那副客套的應答。

清原露出讚賞的神色，但仍客氣地開口，「下一次，必定厚禮款待。」

封平瀾等人撤回房間後，和其他人說明了整個情況，並且重新分配工作。柳浥晨晚些到達，出現時帶著清原謙行借予的袖釦。

袖釦製作得相當精緻，金色的底面上嵌著綠松石，藍綠色的玉石雕成獅頭樣貌。

「我等會兒拿回去還。」柳浥晨一副公事公辦的口吻，似乎迫不及待參與任務。

「妳不多陪陪那位清原少爺嗎？」百嘹聽說了方才的事，笑著調侃，「妳今天的樣子很迷人，無往不利。需要我教妳幾招嗎？」

柳浥晨冷哼了聲，「省省吧。他不是我的菜。」

「喔？那妳喜歡怎樣的類型？」百嘹撐著頭，勾起令人悸動的笑容，「要不要考慮和我試試？」

柳浥晨翻白眼，「等我想得性病的時候再說吧。」

所有人坐定之後，眾人開始討論接下來的計畫。

「七點是晚餐時間，房客可以選擇到食堂或留在房裡用餐。不管要去食堂還是留在房裡，都得提早告知，所以旅舍那裡會有詳細的用餐名單。這樣就能確定哪些人不在房間，可以到房裡布下竊聽咒語。」封平瀾說道。

「沒離開房間的人怎麼辦？」璁瓏詢問。

「想辦法引誘他們出來。或許沒辦法達到百分之百，但只要能竊聽到八成以上的人，就能得到不少資訊。即使沒有透露相關訊息，我們也可以確認他們與案情無關，把目標鎖定在剩下的二成人身上。」

「那要怎樣吸引他們注意？」

「這個嘛……」封平瀾抓了抓頭，「反正我們都打著國際巨星的名號當偽裝，乾脆繼續演下去……」

「你想怎麼做？」墨里斯挑眉。

封平瀾看向希茉，露出燦爛的微笑。希茉感到一陣惶恐，但也只能認命。

三十分鐘後。百嘹從一名風韻猶存的女侍領班手中取得客人名冊，據說，完全沒使用到咒語。

六點五十分。

旅舍的女侍們竊竊私語著令人興奮的消息。入住的旅客中有國際知名的樂團，並且臨時決定在中庭廣場內進行露天即興演出。

希茉站在庭院中央，戴著墨鏡和帽子。她不是怕被認出，而是怕羞。

她的手中沒有拿麥克風，她向來不需要那種東西，況且，透過麥克風，她最原初的嗓音反而會被干擾。

「就是她嗎？」

「我以為是男的呢……」

「只有一人？不是樂團嗎？」

當人群接到風聲而開始聚集時，希茉深吸了一口氣，帶著魔力的音波，自喉間綻出。聞者的思緒與注意，立即被吸引。

風起。

聲波送達屋舍的各間房中，以及迴廊角落。魅人的歌聲有如煙絲，鑽入耳中，攪住意念，牽動意志，勾起渴望。

眾人不由移動腳步，往中庭移動聚集。目光望著中央的歌者，但視而不見，五感中只剩下聽覺在運作，所有的注意、所有的感知，都集中在那滲透心靈的樂音裡。

希茉幽幽地唱著，目光望向人群中的一角，朝著同伴微微點頭。

開始行動。

Chapter8

旅行時躺著的床，有多少人在上面繁衍過後代？

契妖們各自行動，潛入空房。

百嘹在門扉上扎下細針；冬犽開啟窗戶，留下通風的隙縫，讓微風穿流無阻；終絃在桌角繫上細線，接收各種震波。

伊凡、伊格爾、海棠、宗蜮和曇華悄然無聲地進入房內，搜索綠獅袖釦，並記下這些人的房號。

封平瀾、蘇麗綰、柳浥晨以及葉珥德負責外部巡邏，以防萬一。

奎薩爾操控著影子，一方面搜尋妖氣，一方面將自己人所留下的咒語波動一一捕捉、藏匿，不留下任何痕跡。

百嘹跨入其中一間雙人房時，便看到綠色袖釦擺放在床榻旁的矮桌上。

他吹了聲口哨走向前，將釦子拾起，透過窗口的光線打量。綠色的獅子反射著屋外燈光，發出溫潤的光彩。

他將釦子擺回，接著轉身，朝著床榻旁的行李箱前進。

皮箱不僅上了鎖，還有咒語附著其上。

百嘹挑眉。

哎呀呀，看來釣到大魚了……

他伸出食指，向下一揮，指尖多出了根細長的金針。他蹲下身，將針探入皮箱鎖孔，接著將手抽離。

皮箱發出細小的、齒輪扭曲的聲音，最後鎖鈕彈開。

「看看裡頭藏著什麼祕密吧。」

他伸手將皮箱打開，開啟到一半時，卻被一股看不見的力道重重壓下。

百嘹警覺地發出攻擊咒語，同時張開防禦屏，但完全不起效用。

一雙手冷不防地從後方竄出，一手扣住他的咽喉，另一手箝住他的肩胛骨。十指的力道強勁如鎖，令百嘹感到一陣窒息。

下一刻，他的小腿脛骨挨了一踹，肩上與喉上的力道同時向地面壓按。重心被攻破，加上要害受制，百嘹跪倒在地，手被反轉壓制。

他回首看著攻擊自己的人。出乎意料地，欺身在自己身上的敵手，有張斯文的臉孔，掛著客氣的笑容。

「晚安。」百嘹回以輕浮的微笑，「我不習慣在下方，更不習慣在男人的下方。如果你不介意的話，我們交換個體位如何？」

「您也是柳小姐的朋友？」男人客氣地詢問，彷彿只是夜間巧遇時不經意的寒暄。

百嘹挑眉，「你就是那個清原少爺？」

「是的。」清原謙行的笑容更深了些，「看來您確實是柳小姐的朋友。」手卻沒放開的意思。

「我不曉得這是你的房間，失禮了。」

「不會，我知道你們在執行任務。」

「既然誤會解開，為何還不放開我呢？」

清原歪頭，盯著百嘹笑了笑，「或許因為我是個惡劣的人。」他加強了扣住咽喉的力道，「或許，我喜歡破壞美好的東西……」

百嘹微笑以對，「真是糟糕的興趣吶。」

雖然是笑著，但他已進入戒備，隨時會發動猛烈攻擊，即使可能會散發強烈的妖力波動而打草驚蛇。

這傢伙，不好對付……

清原再度淺笑，接著放開手。

「只是開玩笑罷了。」他伸手將扶了百嘹一把，將對方拉起，「我的朋友總是說我沒幽默感。所以我偶爾會找機會磨練一下。」

百嘹微愕地看著清原，確認對方是認真的之後，失笑出聲。

「你這人挺有意思的。」人類，難以捉摸的物種。

「需要任何幫忙嗎？」清原由衷地詢問。

「不必了，謝謝。」百嘹撫了撫頸子，準備離去。

「祝您一切順利。」

百嘹要退出房門時，忽地停下腳步。

「對了，想請教你一個問題。」他轉頭，笑問，「……你的妖魔在哪？」

清原謙行輕笑出聲，似乎聽見了什麼有趣的話。

「我沒有契妖。」他微笑以對，「我只是個普通的神官罷了。」

約莫四十分鐘以後，眾人撤退，折返客房。

一共在三十二間房裡搜索到袖釦，封平瀾立即在名冊的複印本上做註記。

百嘹沒有把方才發生的事說出，只是一直用玩味的眼神看著柳浥晨。

「幹嘛？」

「妳似乎對怪異的人特別有吸引力。」

「我不想被道德無感的傢伙批評！」

「錯了，這可是讚美吶，呵呵呵。」

結界和咒語都已布下，一行人待在房裡，靜靜等候消息。

起先是疏落的對話，有的是和服務生，有的是打電話。大約從八點開始，回傳的話語聲增多，話題內容也千奇百怪。有親友之間的閒聊，有商業內幕，有政治鬥爭，也有單純的抱怨攻訐。

還有個傢伙找了應召女郎到房裡，另外也有幾個人背著妻子帶著情婦出席。那幾間房的對話播放了幾分鐘之後，就進入微妙的喘息和耳語，然後被冬犽切斷。希茉聽得如痴如醉。

從竊聽的對談裡，房客的身分一一揭露。有一般旅客、公司社長、政治人物、企業高階主管、貴族後裔、世家鄉紳等等。

不少人在對話中提到明日的晚宴，大部分都是抱著期待，以及對利益的渴望。偶爾有一、兩個人提到會員意外身亡事件，但都帶著幸災樂禍的語調，似乎對少了個競爭對手感到慶幸。

封平瀾聆聽著對話內容，一一在名冊上註記已知情報。但目前為止，沒有任何與案件明確相關的消息。

隨著時間流逝，談話聲漸漸減少。至深夜時，一片寧靜，只有偶然傳來的幾陣打呼聲。

「忙了一整天，就只有這些情報？」墨里斯有點煩躁。

「感覺都和案情沒什麼關係……」

「會不會是凶手沒參加這次聚會？」

眾人繼續等候。

到了清晨時，契妖們還維持著清醒，但其餘不少人已經昏睡。伊格爾靠著伊凡睡著，柳浥晨酗了好幾杯咖啡硬撐。封平瀾勉力維持清醒，但中途頻頻打瞌睡，不斷在夢境與現實之間徘徊。

宗蜮坐在茶几旁，拿著素描本塗鴉閒畫，打發時間。隨著夜更加深沉，振筆聲漸漸轉緩轉弱。

蘇麗綰靠著牆睡著了。終絃坐在離蘇麗綰一段距離的窗前，守著、等著，似乎是刻意避開對方，冷漠而無情。

入秋的夜風寒冷，自窗外拂入，將終絃細長的髮絲微微揚起，雪白的絹袖也隨之飄盪。

就在旭日東升時，一直沉默靜坐在一隅的奎薩爾，忽地眼神一變。

「妖力的波動……」他低語，「是陌生的妖氣。」

遍布在整間旅舍的影子，捕捉到瞬間出現的妖氣，就像黑暗中一閃即逝的火光，快而顯目，但因為倏忽消失，讓人難以確切掌握位置。

「會不會是清原的契妖啊？」封平瀾推測。

「那傢伙只是神官，沒有契妖。」百嘹回答。

「你怎麼知道？」冬犽好奇。

百嘹苦笑，「用肉體換來的情報。」

「能探查到位置嗎？」

「只能知道大概方向……」對手相當狡猾，也相當謹慎。

「會不會是發現我們布下的結界？」封平瀾擔憂。

「未必。」柳浥晨解釋，「綠獅子的會員有不少和召喚師掛勾，對方應該也知道這點，所以會格外小心。」

「既然都知道對方和協會有掛勾，還敢來招惹，看來我們的對手也不怎麼高明。」璁瓏不屑地說著。

「因為他們知道，只要有利可圖，這些人隨時可以變卦倒戈。」伊凡輕蔑地回應，「對這些權貴分子而言，召喚師、妖魔或不從者都是一樣的，他們根本不在意身分。」

「當召喚師的契妖還得忍受這些烏煙瘴氣，真倒楣。」璁瓏搖了搖頭。

「你自己不也是契妖？」伊凡反問。

墨里斯瞪了璁瓏一眼。

「走吧，過去看看。」封平瀾起身，伸了個懶腰，「說不定會找到些蛛絲馬跡。」

隨著奎薩爾的帶領，眾人一路搜索，最後來到了澡堂。

澡堂清晨五點開啟，位於地勢較高的矮丘上。露天浴池有著遼闊的視野，有些客人清早便會過來，一邊泡澡，一邊欣賞日出。

奎薩爾一踏入澡堂，便嗅到淡淡的血腥味。

他盯著浴池外的黑石地面，向前走了幾步。在其中一塊石板上，找到了星星點點的血跡。

其他人在檜木浴池邊發現幾道抓痕，看起來像是掙扎時所留下。

「看來，有受害者出現了。」百嘹輕笑，「我們運氣不錯。這下確定凶手就在這裡。」

「如果他已經下手的話，代表他會頂替被害人的身分。我們不僅不曉得被害人是誰，要找出妖魔更是困難。」柳浥晨苦思。

「而且不確定他是否已經離開了。」

「一定會留下的吧。」封平瀾開口，「都特地頂替身分，不留下來參加完活動的話，反而行蹤可疑呀。」

的確。

「這麼說的話，對方一定會參加晚宴。」冬犽開口，「我們可以在晚宴時行動，探查每一個賓客的身分。」

「要用顯驗咒嗎？」蘇麗綰提議。

「那樣確實可以快速分辨妖魔與人類，但在施咒時就會被發現，可能會打草驚蛇。」柳浥晨否決。

「如果能取得他們的血肉，我馬上就能辨識出是人還是妖。嘻嘻嘻……」宗蜮笑道。

「或者，把整個宴客廳包圍在安定結界裡，這樣我們所施展的所有咒語波動都會被結界給吸收，不被察覺。」

「那可不容易，而且要是對方在定礎時進入宴客廳，就破功了。」

「直接對每個賓客發動攻擊，怎麼樣？」墨里斯摩拳擦掌，「挨了我的拳頭還能撐著的就是妖魔，其他都是人類。」

「非常淺顯的做法，如你的腦子般簡單易懂。但在我們找出妖魔之前，可能會先被人類的警察逮捕。」

「或許不用局限在今晚，我們可以在每個人身上設下追蹤符令，不易被察覺，又能持續觀測。」

「那受害者怎麼辦？而且那有範圍限制，離開關西地區就查不到了。」

封平瀾聽著同伴一言一語，談論著各種高深的咒語和妖術，沒有一樣是他聽得懂的。他非常崇拜，非常想加入話題，但也非常困惑。

「那個，不好意思，我們現在的目標是找出受害者身分對吧？」封平瀾插嘴提問。

「你還沒睡醒嗎？」璁瓏白了對方一眼。

「這樣的話，我們有受害者的血。」封平瀾指地上的些許血跡，「應該可以搜集起來，拿去檢驗DNA吧。」

眾人愣愣，特別是召喚師們。

「是沒錯，協會也有專屬的檢驗中心。」柳浥晨開口，「但是送回協會檢驗的話，最快也要三天才會有結果。」

他們習慣了妖魔的力量和咒語，習慣了這些過分好用的工具，反而忘了不靠妖魔的解決方式。

「根據資料，凶手能剝下他人的臉皮，換到自己臉上。這代表他的臉上一定會沾到血。」

「所以呢？」

封平瀾咧嘴而笑，興奮地開口，「這樣的話，我有一個想法……」

夜宴於晚間七點開始。

在開場前四小時，場地封閉，籌措預備。畢竟與會者是重要貴賓，關係到日後的生意，整個旅舍的人全都嚴陣以待。

當場內的擺設和用具準備完成後，忽然來了一組身穿工作服的人員，自稱是晚宴籌劃者聘請的專業場布小組，要來做最後的裝飾。領班異常爽快地答應，並撤走所有員工，讓這些專業人員能安心進行工作。

沒人知道他們從哪裡來，但也沒人追問，彷彿他們的出現非常理所當然。

當所謂的場布小組離開後，宴客廳和原先並沒有什麼差異。

沒有人看見他們留下的痕跡，沒有人記得他們曾經來過。

晚間六點半。賓客陸續到場。

由於與會者身分特殊，主辦者特別要求晚宴會場周邊進行管制，禁止閒雜人等靠近。因此宴客廳被安排在旅舍較偏遠的樓房裡，當晚整棟樓淨空，只有晚宴進行。周邊通道都有保全看守，僅服務生和戴著綠獅袖釦及其同行者能夠入場。

柳浥晨換上改良式旗袍，和清原謙行一同出席，輕鬆通過保全檢核。

在步入大廳時，幾名端著銀盤及桌巾的服務生正好匆匆經過。兩方人馬擦身交會的那一刻，清原謙行不著痕跡地將袖釦交給對方。

五分鐘後，換上西裝的百暸帶著冬犽入場。兩人在行經入口處時，被魁梧的保全給攔下。

「請問這位是？」保全人員看著冬犽詢問。

「這位是我的同行者。」百嘹從容地回答，「我記得能攜伴出席，不是嗎？」

「同行者限定伴侶。」保全解釋，「若非女伴，則必須出示袖釦。」

「噢，」百嘹勾起曖昧的笑容，「私底下，他是我的『女伴』沒錯，呵呵……」

保全有些尷尬，但還是堅守原則，「規定——」

一陣淡淡的香氣襲來，讓保全一時晃神。

「我們可以進去了嗎？」百嘹低聲詢問。

「噢，可以……」保全呆滯地回應，把注意力轉向其他正在等待檢核的賓客，不再理會百嘹。

兩人穿過保全，前往進入宴會廳的走道上。

「你剛才的說法，我不是很喜歡。」冬犽略有微詞。

「只是個隨口而出的藉口罷了。」百嘹不以為意地笑了笑，「況且以你的形象而言，套用這說詞也相當有說服力。」

「原來如此。」冬犽揚起溫柔的微笑，「或許我得找機會矯正你的錯誤認知……」

另一處入口，穿著工作服的墨里斯與一身西裝的伊凡，正與保全周旋。

「裡頭的水晶燈飾有問題，我們得趁晚宴正式開始前搞定。」伊凡看了看錶，用力翻白眼，「老天，希望來得及。」

「請問你是哪位？我沒接到通知。」

「活動企畫。」伊凡重哼了聲，「要是能事先通知的話還叫意外嗎？你知道場布花了多少錢嗎？任何一點疏忽都能讓裡頭的大爺不滿，怪罪下來的話我絕對會把你供出來！」

「我的工作是確保賓客安全。」保全嚴肅地回答，但也被伊凡咄咄逼人的態度震得略微猶豫。他知道有錢人是什麼嘴臉，也很清楚他的盡忠職守在不可理喻的雇主面前並不是那麼受重視。

伊凡翻了翻白眼，「你看我們像是會殺人放火的歹徒？你想繼續耗沒關係，我在這裡陪你慢慢等。」

保全遲疑了一下，思考折衷的方法，「我得檢查你的工具箱，確保你沒攜帶凶器才能進去。」

伊凡尖笑了聲，「行！隨你！」凶器？哈，它們全都是凶器！

墨里斯把工具箱放下，保全人員謹慎地打開工具箱。

箱裡放著園藝用的剪刀、鉗子，還有小鏟子與花肥注射管，另外還有造景用的黑色鋁線與澆花器噴頭。

保全愣住，伊凡也微愕。

「這……不太對吧？」保全有點困惑地開口。

伊凡趕緊回應，「外行人不懂專業就閉嘴！除了修復之外還要注意美感，壞的是水晶燈，但牽一髮動全身，維修後打出來的光要是和原本有千分之一的色差，整個會場的布置就得微調！你懂時尚嗎？我們要是真想對裡頭的人不利，帶這些東西有屁用？逼對方吃花肥嗎？」

保全翻了翻工具箱內部，雖然裡頭裝的看起來不像是維修管線的器材，但沒有一項能對會場維安造成威脅，最後只好勉為其難地放行。

「你拿園藝用工具箱做什麼？」一踏入走道，伊凡立即質問身旁的人。

「我哪分得出來。」墨里斯皺眉，「你只叫我搬工具箱，我進倉庫看到這個就直接拿了。」

「你不會先檢查一下嗎？」如果是伊格爾，才不會犯這種蠢錯誤。

墨里斯掏了掏耳朵，「反正順利進來了，不是嗎？」

「要是沒通過的話，就得使用暗示咒語。迷眩系咒語不是我擅長的，我可不想引起敵人注意……」

為了不打草驚蛇，眾人決定在進入會場時使用最低限度的咒語或妖力，雖然得費更多工夫，但整個流程一切順利。

希茉在下午時對領班下了暗示，讓四名服務生放假回家，封平瀾、蘇麗綰、希茉和伊格爾扮成服務生，在裡頭巡視。

其餘人手則在外頭各個角落待命鎮守。

隨著時間流逝，會場內的人越來越多。大有來頭的賓客間彼此談笑風生，進行著客套又虛偽的交際，探問著對方的近況，決定該結交哪些蓬勃崛起中的新朋友，汰換哪些無利用價值的舊搭檔。沒有任何異常狀況。

凶嫌偽裝得很好，將受害者的身分扮演得十分相像，沒人看出破綻。

或許是因為在這裡的人沒有人是真心往來，沒人會特別注意到他人的異常。

後場備餐區發生了小小的騷動，一整箱名貴紅酒不知去向。

「香檳塔上的酒也都空了……」另一名服務生趕來通報。

「奇怪，酒怎麼短缺？」

「怎麼會這樣？」

「他們……喝很快……」服務生小聲回應。

「這群酒鬼，晚宴還沒正式開始就酗酒，有錢人就是不懂節制。」領班搖搖頭，指派其他人取貨遞補。

通報的服務生離開時，和百嘹擦身而過。「收斂點，希茉……」百嘹低聲提醒。

希茉細聲抗辯，「已經收斂了。」不然，空了的可不只香檳塔和一箱紅酒吶。

七點，宴客廳聚滿了人。約七點二十分左右，賓客全數到齊，進出的大門關閉。

一名油光滿面的中年男子站上臺，開始說些陳腔濫調的祝謝辭。

「那是綠獅子的會長？」柳浥晨詢問清原。

「不是。他只是這次活動的負責者。會長從在這種大場合公開露面，據說他只和機要會員見面。」

過沒多久，悠揚的音樂響起。賓客們牽起伴侶的手，往會場中央的空地移動，雙雙跳起舞。

清原帶著柳浥晨加入其中。她本想拒絕，但為了調查，也只能忍下心中的尷尬感。

看著柳浥晨，清原稱讚，「妳今天很漂亮。」

「人要衣裝。」柳浥晨一邊觀察場中人，一邊隨口回應。她知道這些恭維的話不須太過認真面對。

「我相信柳小姐就算全裸也非常美。」清原認真地開口。

柳浥晨微愣，回視清原。

「不好笑嗎？」清原苦笑。「真抱歉，我一直不懂如何拿捏玩笑話的內容。我只是想讓氣氛緩和些。」

柳浥晨盯著清原片刻，笑了。

「不介意換個舞伴？」忽地，具有磁性的嗓音插入。

兩人回頭，只見百嘹漾著風流倜儻的笑容，等著回應。

柳浥晨挑眉瞪著百嘹。她不想和清原跳舞，也不想和百嘹共舞。不是她挑剔舞伴，而是因為她對交際舞厭惡透頂。

「呃，這……」

「或許柳小姐覺得不太方便。」清原禮貌地幫柳浥晨婉拒。

「噢，我問的是你。」百嘹逕自牽起清原的手，笑問柳浥晨，「借走妳的舞伴，妳會不方便嗎？」

「噢不！非常歡迎！」柳浥晨巴不得雙手奉上，「請慢用！」說完，對百嘹投以感謝的笑容，脫身離去。

看著柳浥晨一溜而去的背影，清原無奈地笑了笑，「柳小姐是不是討厭我？」

「噢，我沒看過她喜歡誰。」百嘹輕笑，「她有她的任務。為了怕你覺得無趣，所以我來陪你囉。」

「那真是有勞您費心了。」清原客套地回應，對於換舞伴一事沒有太多抱怨。「這是我第一次和男人跳舞。」

「我可以陪你做很多事，很多你第一次和男人一起做的事。」

「比方說？」

「你做過翻糖蛋糕嗎？」

「沒有。」

「那我就是第一個和你一起做翻糖蛋糕的男人。」百嘹曖昧地笑了笑，「不過，我只負責吃的部分。」

清原愣了一秒，接著淺笑，「你很有趣。」他稍微停頓，開口，「可以冒昧詢問你的名字嗎？你是誰的契妖？」

百嘹揚起笑容，「我不屬於任何人。」

離開清原之後，柳浥晨前往女廁換上輕便的衣服，到宴客廳後場與同伴會合。

「我確認了賓客名單，所有的人都到了。」伊凡報告。

「我和終紘在整個旅舍外布下了系絲結界。目前沒有人離開。」蘇麗綰開口。

「外頭的人手也都就定位了。一看到目標就會行動。」希茉回答。

「很好。」封平瀾點點頭。「大家回場內預備，記住我說的特點。」

「你確定照計畫沒問題嗎？」伊凡覺得有點不安。

「化學不會騙人。」

同伴離開後，封平瀾等待了兩分鐘，抱著興奮而期待的心情，將手放上燈控開關。

「好戲上演。」

他壓下開關。場內的燈光瞬間轉暗，僅剩布置用的燭火微弱地亮著，映照出朦朧的輪廓。

「停電嗎？」有些賓客因突然的改變而起疑。

但音樂還在繼續。

「是刻意安排的？」

燈暗的同時，一陣微風輕輕拂過，帶著安定人心的淡淡迷香，以及濕潤的薄霧。

百嘹的迷香讓在場的賓客鎮定下來，不會因驚惶使得場內混亂。

蘇麗綰、柳浥晨和伊凡拿著大噴槍，猛力地壓按，噴出一大片水霧。

冬犽召出的微風迅速擴散香氣，也將水霧帶往每一個角落，均勻地沾在每個人的身上。

從燈暗到風起，不到一分鐘的時間，散布在場內的人立即看見他們的目標。

百嘹盯著場中的人，勾起嘴角，「找到了。」他斂起風，對清原揮了揮手，「失陪囉。」

在昏暗的空間裡，每個賓客都被籠罩上晦暗的影子。只有一人，正發著光，比燭光更顯眼的光芒。

那人整張臉散發著顯眼的螢光藍。

那是罪惡的色彩。凶手的記號。

燈光迅速亮起，那燦爛的螢光藍也消失，但召喚師們已經確認了目標。

被標記的褐髮男人還搞不清楚狀況，但他身旁的男子知道發生了什麼事，拉著他開始往外移動，一路上撞倒了不少人。

「目標從東出口逃逸！第二小組備戰！」

兩人衝出會場，一踏出宴客廳，終絃的鋼網便憑空張起，往他們身上罩下。褐髮中年男子的手中瞬間化出大刀，將網斬碎。

追趕上的墨里斯躍起，朝著對方伸出銳爪，凌空劃下極具爆發力的攻擊。

褐髮男子拉著同伴閃躲開來，他的同伴從懷中掏出改造手槍，對著墨里斯及他身後的夥伴連續射擊。

子彈在空中被水幕給擋下。璁瓏從廳外的荷花塘引來了水，形成壁屏，子彈嵌在水幕上，停留了一秒，便隨著水流往地面。

「安全檢查有個屁用！」墨里斯低咒。「我要投訴保全公司！」

褐髮男子瞪了來者一眼，接著張開嘴。他的面皮裂開，露出底下藍黑色的肌膚，原本嘴巴的位置不斷擴大，直到耳際，露出沒有牙齦的暗紅色大嘴，以及一條布滿圓疣的肥厚紫色舌頭。

紫色的肥舌像是有自我意識的生物一般，扭曲蠕動，伸出嘴外。

百嘹警覺不對，「快閃避！」

眾人立即閃躲。

在千鈞一髮之際，肥舌上的疣爆裂，噴出黑色的汁液。汁液沾染之處留下了一道汙濁的痕跡，看起來沒有任何攻擊性。但路旁的花園才沾上了幾滴，整片植物瞬間枯萎，而枯朽的地面，出現了一粒淡粉色的小珠子。

「那毒液會吸收生命力！」

一名服務生經過，看見了眼前的景況，驚惶地叫出聲。柳浥晨衝上前，將對方撲倒在角落。

希茉和百嘹立即施展幻術，讓一般人陷入恍神呆滯的狀態，並給予暗示，讓他們離開、進屋，不再接近這個區域。

趁著混亂，妖魔的腳瞬間異化成長滿毒毛的蟲足，接著抓起同行的男子，用力一蹬，逃離。

「百喙和希茉留下應付客人。其他人追上去！」封平瀾連忙指示。

妖魔刻意離開主要道路，打算遁入夜中趁暗逃亡。然而一來到暗處，那螢藍色的光成了最明顯的目標。

他們想逃，但發現整座旅館被不只一重的巨大結界包圍，結合著各個契妖的強大咒語，讓內部所有人都無法遁逃，連天空也被包圍。

「該死……」妖魔站在屋簷，看著空中的結界網低咒。

「唰！」

一枝箭矢破空而來，射中了妖魔的背。妖魔重重一頓，但仍忍著痛咬牙，抱著男子。

「從空路出去！」男子下令。

「但是——」

「快！」

妖魔眼中產生憤怒之色，但又不得不服從。

他閉上眼，背後瞬間張出兩只醜陋的肉翼，接著睜開眼，抱著男子往空中飛。

在觸碰到結界時，火花迸射，但妖魔受限於命令，只能忍受著劇痛硬衝。此時，又有兩枝箭矢射中了他的腳和手臂。

男子掏出槍，從口袋裡拿出另一批子彈，先是對著箭源開了一槍阻嚇，接著朝結界連續開了好幾槍。

「那傢伙是白痴嗎？人類的物理性攻擊對結界沒用。」遠遠趕來的伊凡看著天空中的動態。

但出乎意料地，隨著子彈的攻擊，結界竟出現了裂痕。

最後一發子彈射出的那一刻，結界被洞穿。受到異常攻擊的結界，基底結構開始紊亂，隨即整片瓦解。

但同一時刻，空中出現閃電，劈啪作響的電光筆直地往那兩人擊下。

「不得殲滅！留活口！」匆匆趕上的葉珥德叫喚。

雷電在即將撞上兩人時轉向，射往地面的石燈籠，燈籠頓時迸碎。

空中的兩人正要逃離時，一道鬼魅般的暗影自地面無聲無息地升起。兩道冷厲的刀光閃過，妖魔的羽翼被斬下。

「啊——」

一人一妖開始下墜，妖魔企圖做最終掙扎，張口伸舌，舌上的疣鼓脹成原本的十倍大，像一串豐碩的葡萄。

要是毒疣從空中迸射，波及範圍將非同小可。

「小心！」

在疣粒爆裂之前，奎薩爾踏影而下，輕揮右手的劍刃，藍黑色的肥舌齊根斷離。幾乎是一氣呵成，在舌頭落出嘴外的那一刻，奎薩爾左手的劍隨即將之穿刺而過，斷舌就這樣插在劍尖。

刺耳的哀鳴響起。

人與妖摔落地面的前一刻，一道紅白相間的繩網於空中出現，接住了兩人，並迅速綑縛捲起。

網中的兩人想掙脫，但繩索上的咒語越扯越緊，完全無法逃脫。當他們看見聚集而來的召喚師與契妖時，徹底心死。

「為什麼……會看穿……」妖魔暗啞地質問。因為舌頭被斬，他的話語有些模糊，聲音是從喉間傳來的。「這是什麼咒語……？」召出這麼顯眼張狂的光明，怎麼可能毫無咒語波動？

「燈暗前我們噴灑了這個。」封平瀾拿起噴槍，「這是稀釋過的魯米諾，也就是光敏靈，沾到血的話會發出藍色螢光。化學課都有教呀。」看來召喚師和妖魔沒什麼化學常識，也不太看電視呐。

妖魔臉上的面皮已毀了七、八成，但殘餘的面孔上仍泛著稀薄的光輝。

網中的妖魔與契約者愣愣。

「接下來怎麼辦？」封平瀾詢問葉珥德。他們原以為對手只有妖魔，沒想到現在多出了個人類。

「此妖並未登錄於協會檔案中。」葉珥德看了妖魔身旁的男子一眼，「彼等為不從者，須交由協會處分。我會聯絡本地分部的負責人來押送。」

「不用問問這老兄有什麼目的嗎？」墨里斯瞥了地上的兩人一眼。

「拷問之事交給協會，爾輩之任務已完成了。」

葉珥德和柳浥晨留下，將妖魔與不從者移到角落，封印在其中一座假山之中，接著聯絡協會的人。

其餘的人在車廂裡找到了真正的面皮主人，紐約的地產大亨伯恩斯。對方的臉被繃帶包裹，滲著血，並被下了咒，像個人偶一樣不叫也不動。

「雖然還活著，但他的臉應該無法復原了……」蘇麗綰同情地低語。

「那倒未必。」宗蜮開口。

眾人回首，發現他的手中拿著方才從妖魔臉上取下的破碎臉皮。

「你這傢伙非得要這麼噁心嗎？」伊凡皺眉斥責。

宗蜮聳了聳肩。「這個雖然破了，但是保存得很好……」他握著那臉皮，欣賞古董一般地把玩打量。

「你剛說未必，是什麼意思？」璁瓏好奇。

「妖魔分泌了一種黏液，把臉皮內側的組織包裹起來，貼在臉上時，黏液能從偽裝者身上吸取養分供應臉皮，讓它的組織維持鮮活的狀態而不腐爛……」

「所以？」

「稍微修一下，就可以安裝回去……」

宗蜮蹲下身，從隨身攜帶的腰包裡拿出幾把精細的剪刀和錐子，對著那張臉皮勾挑縫壓。那畫面相當驚人，有些人看不下去，把臉別開。

接著，宗蜮卸下伯恩斯臉上的繃帶，一陣抽氣聲和反胃聲響起。

他拿出個小罐子，打開，往那血肉模糊的臉灑下淺黃色的粉末，並把臉皮放上。

接著，他拿出另一個小罐，以細管毛筆蘸了蘸罐中的綠色液體，在對方的髮際、下巴、嘴唇、鼻翼，畫下密密麻麻的符紋。最後拿起方才的繃帶，胡亂地纏回伯恩斯的臉上。

「這樣就好了？」璁瓏有些不可置信。

宗蜮點點頭。

「小蜮兒真厲害耶！」封平瀾讚嘆地拍手，「我還以為你只會肢解屍體而已呢！哈哈！」

「會拆也要會組裝，只會一種是外行人……嘻嘻……」

「協會的人三十分鐘後抵達。」柳浥晨從廂房趕來通報，「那些人交給葉珥德去應付。我們留下的話可能會被刁難，最好快點離開。」

「為什麼？」封平瀾不解。

「因為要搶功啊。」柳浥晨不屑地哼了聲，「協會的地方維安隊最討厭賞金獵人，那讓他們顯得無能，我們又是學生，他們可能會格外不爽。」

「這麼急？」伊凡有些不悅，「我還沒好好休息呢！」

「你可以留下，我們先走。」百嘹笑著回應。

奎薩爾等人也想離開，他們並不想和協會的人有太多接觸，以免引起注意。

「不准排擠我！」

於是，一行人立即回房收拾，在十五分鐘之內匆匆退房，迅速撤離。

清原非常好心地幫忙叫車，並安排了臨鎮的旅館。

臨走時，清原非常有誠意地到旅舍外頭送行。

眾人故意拱柳浥晨當代表和清原告別，然後幸災樂禍地躲在車裡看好戲。

「你們的表現非常傑出，比一般召喚師還優秀許多，我深感佩服。」

「嗯，謝謝。」

「之後我還能邀妳見面嗎？」清原溫和地詢問，「我想更了解妳。」

「再說吧……」柳浥晨彆扭地回應，隨口扯開話題，「你……要留下來嗎？」

清原笑了笑，「我還有些事要處理。明天再走。」

「噢。」柳浥晨應了聲。兩人陷入沉默。

「……他們會吻別嗎？」氣音交談的聲響從車內傳來。雖然可以聽出刻意壓低，但在寧靜的夜裡仍非常清楚。

「噓！」

車外的人一陣尷尬。

「協會的人快到了，我得走了。」柳浥晨開口。

清原溫柔地笑了笑，目送他們離開。

封平瀾一行人離開後沒多久，協會的人馬抵達。

他們低調地進屋，搬走一顆巨大的造景石頭，扶著一個臉上包繃帶的人上車，隨即離開。

雖然有人注意到他們，但沒有人在意，對方就像路邊的石頭花樹一樣，沒什麼好留意的。

當不速之客離開後，沒有人記得有誰來過。

Chapter9

出差時總希望能有豔遇，但得到性病的機率遠高於得到真愛

封平瀾一行人搭了約四十分鐘的車，到達清原安排的旅館。

雖然比不上原本住的旅舍豪華，但設備齊全且舒適。能在這麼短的時間內找到這樣的房間，已經非常不錯了。而且，住宿費也已付清。

「那小子不錯，我喜歡。」墨里斯對清原的印象非常好。

忙碌了兩天，眾人放鬆心情在旅館裡休憩。歸返的班機已經訂好，是週六下午。

墨里斯霸占了電視，璁瓏和希茉則使用旅館的無線網路瘋狂上網。其他人也各自休息。伊凡拉著伊格爾去逛街，百嘹則是不曉得跑去哪裡獵豔。

只有封平瀾坐在沙發上，若有所思。

「有什麼不對嗎？」冬犽遞來一杯飲料，溫柔關切。

「我覺得有點奇怪。」封平瀾抓了抓頭。

「整個過程照計畫進行得很順利，哪裡不對呢？」

「我也說不太上來，就是一種感覺……」封平瀾有點猶豫地開口，「旅館的人對我們的身分好像都不好奇，沒人上網查，也沒人聯絡報社記者。其他旅客沒人過來打探。」

「或許是因為他們很重視旅店名聲吧。」

「剛剛找到凶手時，一路上也沒遇到服務生或一般遊客……」封平瀾停頓了一下，「我覺得大家都太乖、太守規矩了。」

他早就預想到可能會有突發狀況，所以要希茉和百嘹留在場內，並一路尾隨目標，就是為了能在遇到一般人時，可以立即下迷眩咒語，清除記憶。

但除了一名女侍以外，他們沒有遇到其他人，順利得讓他覺得不可思議。

被封平瀾這樣一提，冬犽也發覺有些蹊蹺，「但如果是有人刻意安排，對方的目的呢？」

封平瀾乾笑了兩聲，「我不知道……」

手機忽地響起，封平瀾的注意被拉開，他看了螢幕，上頭顯示著沒見過的號碼。

他接起手機。「喂？你好？請問是哪位？」幾秒後，他露出驚訝神色，隨即火速衝向隔壁房。

「海棠！海棠快開門！海棠！」

房門打開，一臉睡意的海棠惱火地開口，「幹什麼！」

「海棠！是你媽媽，她打來了！」封平瀾指著手機，興奮地說著。

「啊？」海棠愣愣，一時間不知如何反應。

「快接快接！」封平瀾將手機塞到海棠手中，然後把他推進房，推到廁所裡，「慢慢聊，我們不打擾！」接著關上門，在房裡等著。

「有必要這麼興奮嗎？」宗蜮不解。

「海棠少爺很久沒和瀞夫人聯絡了，因為宗家不希望他們有太多互動……」曇華悠悠開口，「我不曉得平瀾少爺也知道這事。」

「我不知道。」封平瀾傻笑著開口，「我只是想，換做是我，接到媽媽的電話也會一樣高興！」

幾分鐘後，廁所的門打開，海棠從裡頭走出。

「還好嗎？聊得怎樣？」封平瀾興奮地向前關切。

「……她說明天可以去找她。」海棠吶吶回答，和平日張狂的模樣截然不同，「但是曇華得在外頭等，因為屋裡其他式神會顧忌。」

「太好了！」封平瀾用力拍手，「真是太好了！海棠！耶耶耶！」

「吵死了……」海棠低斥了聲，將手機塞回封平瀾手裡。「謝了……」

封平瀾發現海棠的耳根有些泛紅。

「海棠在害羞嗎？你是不是臉紅了呀？」

「閉嘴！」

當封平瀾一行人正在旅館裡歡鬧得不可開交時，濯雪旅舍的晚宴也進入尾聲，所有賓客陸續回房。

出於不明所以的默契，一時間，沒人外出，不管是客人還是旅店人員，每個人都留在房裡。每個人都莫名地不想出房。

整間旅舍陷入了異常的寧靜。

「叩叩。」一間廂房傳來了叩門聲。

片刻，門板打開，露出一張姣好的容顏。

「請問有什麼事？」金髮女子不解地詢問，她身上的禮服還未換下，握著門把的手上仍戴著精緻的黑紗手套，看來是剛回房沒多久。

門外站著的是名斯文的東方面孔。

「您好，我是清原，剛才的與會者之一。」清原客氣地開口，「請問伯恩斯先生在嗎？我想找他，但一直沒看到。」

「他途中就不見了，我也不曉得他去哪裡。」女子自嘲地笑了笑，「我只負責陪他玩樂，他不讓我過問太多事……」儼然就是個毫不知情的情婦。

「原來如此。」

「被放鴿子的感覺很糟，我現在可以休息了嗎？」女子沒好氣地說著。

「還有幾件事情想請教。」清原笑了笑，「妳為什麼不脫下手套呢？」

女子沒回應。

「是不是擔心在夜裡，妳的手會像外星人一樣，亮起藍色的光呢？」清原笑問。

女子臉色一沉，揮手對著清原的臉扔出一記攻擊力十足的咒語。

「啪！」火光亮起。

照理說，這記魔咒會把清原的臉轟成泥，但煙塵散去，清原毫髮無傷。

他撥了撥頭髮，苦笑，「不好笑？」看來他真的得多練習。

妖魔的手化出數十道細針，同時，整隻手流轉著妖異的魔咒，朝清原的胸口擊去。

清原輕輕接住對方的手腕，向下一扭，化開了攻擊。魔咒的光彩在他手中流轉，發出刺耳的爆烈聲，但清原完全不以為意。

「你、你是——」

「妖魔的咒語對我沒用。」清原笑了笑，「進去談吧。」

他揮手，妖魔被一股看不見的力量震回房內。清原優雅地踏入房中，反手扣上了門。

房裡傳來刺耳的碰撞聲，金屬鎖鍊的錚錚聲響。

隨即，傳出濃厚的血腥味。

後院裡，楓樹下的小土堆緩緩地動了動，一隻藍色的蝴蝶自土中爬出，緩緩振翅往主子身邊飛去。

但飛到半空，就被無形的結界給震落，粉碎。

旅舍依舊寧靜。

二十分鐘後，房門開啟。清原拎了個皮箱，緩緩走出。

房裡略微凌亂，但沒留下特別的痕跡，只是房客已不見人影。

酒紅色的皮箱是原本房客的東西。他借來使用，以裝皮箱的主人。

清原坐上車離開旅舍。當他踏出旅舍的那一刻，建築物內回復原本的熱絡，房裡的人走出，在各處移動。

封平瀾的預感沒錯。屋裡的一般旅客和服務生都非常守秩序。

那是因為在封平瀾及所有綠獅子的賓客到達之前，他已經先設下咒語。旅客和服務生受到了暗示，當旅舍裡有咒語發動時，他們會下意識地往屋裡移動，留在房裡，直到危機解除。

他會來到這裡是受到委託，但不是他聲稱的商業鉅子，而是來自闇行司。

沒想到會遇到執行賞金任務的召喚師。

「相當優秀，但經驗不足……」清原笑著低語。

計畫詳細，但是不確定的因素太多。另外，他們以為目標只有一個，沒有同行者，這是疏漏。

被逮捕的不從者和契妖臉上雖有血液反應，但他們的手是潔淨的。真正的剝皮者必定另有其人。

聽說，這是那群孩子第一次出任務。他很期待看見他們的成長。

一小時後，清原抵達了位於市區精華地段的高級公寓，他的據點之一。

搭上電梯，來到最高樓層的住所前，他按下大門上的電子密碼，並刷下晶片卡。門扉開啟的那一刻，他察覺到屋裡有其他人。

清原警戒地抽出插在腰際的短刀，緩緩地推開門。

「晚安。不用防了，是我。」屋裡的不速之客大方開口。

看見客廳裡的熟悉面孔時，清原鬆了口氣，無奈地笑了笑。「是你。」

「剛好經過京都，過來拜訪，和老友打聲招呼。」和清原年齡不相上下，約二十來歲的男子笑問，「不歡迎我？」

「你知道協會禁止滅魔師私下交流，靖嵐。」

「規定是用來打破的，沒被逮到之前都不算違規。」封靖嵐笑著起身，「況且你嘴上雖這麼說，卻一直和我往來，其實你也很喜歡這種偷情一般的刺激感吧？」

清原嘆了口氣，「我沒和男人偷過情，不知道這是什麼感覺。」他突然想到百嘹在晚宴時說的話，不自覺地勾起嘴角。

「開開玩笑罷了，你還是一樣沒幽默感。」封靖嵐坐回原位，「你看起來心情不錯，發生了什麼好事？」

「遇到幾個有趣的人。」

「什麼身分？」

「沒詳問。其中一個好像是魏家的少爺，和忌部家有關的那位。」

「讓你在意的人是男是女？」

清原笑了笑，「都有。」

封靖嵐看了清原手邊的酒紅色皮箱，「需要我幫忙回報嗎？」

「不用了。」那樣不合規定。「老是違規的話。總有一天會給自己帶來麻煩的。」

「在那之前，能找我麻煩的人都自顧不暇了吶。」封靖嵐看了看錶，「我得走了。下回見。」

封靖嵐揮揮手，腕上的手鍊發出輕脆的聲響。

皮繩上綁著一塊金屬墜飾，是一隻手掌。掌中刻著菱形與交錯的尖錐，還有數字9與1，以及風旋、水波和弦月。

次日。海棠一大早就前往忌部家的神社。

封平瀾堅持隨行，海棠拿他沒辦法，加上這次會面是封平瀾牽線，所以便讓他同行。

海棠本以為封平瀾會跟到屋裡，他卻表示願意在外院和曇華一起等候。

「為什麼不一起進去?漸夫人應該很歡迎你。」等待時，曇華好奇詢問。

「我想，海棠應該會想和媽媽獨處，我怎麼好意思打擾。」封平瀾笑著回答。「話說，為什麼海棠不能和母親見面?」

曇華沉默了片刻，看著封平瀾，最後緩緩開口。

「海棠少爺的母親是忌部家的巫女，嫁到了魏家，和魏家的二少爺魏淞賢結婚。淞賢少爺是個體弱多病的人，在魏家本身沒什麼地位，漸夫人雖然是名門巫女之後，但也沒有任何巫力。這場婚姻，全然是為了利益……」

簡單來說，兩方各自丟出了不重要的角色，讓沒用的棋子發揮唯一的功效，廢物利用。

「魏家是個作風嚴厲的家族，以實力換取地位，甚至只有被本家認可的人才能得到魏姓，在那之前，全部從母姓。整個家族階層畫分嚴密，恃強凌弱的狀況非常嚴重。因為雙親毫無勢力，所以海棠少爺在宗家地位低下，得不到任何關切，也常被其他兄長欺凌。」

曇華輕嘆了一口氣，「直到他破壞了宗家對我的封印，與我立契，才被宗主魏淞芳老爺認可，准予魏姓，並被收為養子。」

曇華的主人是上一任宗長，海棠的祖父。

前任宗長過世之後，沒有人有能耐駕馭曇華，但魏家的人又不干放掉如此優秀的契妖，便把曇華封印，強制滯留在人界，直到下一任繼任者出現。

那年破壞了封印、與她立約的人，就是海棠。

從那之後，海棠得到了專屬的契妖、專屬的兵器，也得到了敬畏與地位。

「這樣喔……」沒想到有這麼複雜的過往。

難怪海棠總是不寫姓，他們叫習慣了，都忘了他姓魏。

「為什麼要收為養子啊？」

「因為淞賢少爺死了。」曇華輕嘆了聲，「淞賢少爺去世後，潸夫人原本還留在魏家。但自從海棠少爺展現實力，並被收為宗主之子，宗主便把潸夫人遣返忌部家，並且禁止潸夫人與少爺往來……」

海棠被認定為宗主之子，忌部家的女人便沒有理由留下。海棠是有力的棋子，必須一心向著魏家，不能讓外家的人有機會把他奪走。

於是，從此只有魏淞賢的忌日或家族祭祀，潸夫人才有機會來到魏家與海棠見面。

「這樣呀……」封平瀾點點頭，沒多說什麼。

過沒多久，海棠的身影從彼方出現。他停留得沒有很久，大約一小時左右。

但是當他出現時，那總是頑逆的表情柔和了不少。回到旅館與大家會合時，言談也沒那麼尖銳。

封平瀾看著海棠，然後看了看自己的手機。

不曉得大家過得怎樣？

他回顧了開學以來的時光，想了想自己當下的處境，影校的一切，以及他的契妖們。

這樣一直瞞著家人，好嗎？

或許……靖嵐哥知道這些之後，願意接納這超乎常理的事實，接納他的新同伴們。

或許，靖嵐哥會因此對他產生些許的關心……

思考了片刻，他下定了決心。

回去之後，打個電話給靖嵐哥吧……

Epilogue

通往未來的路是交錯的結。好幾次捷徑送上眼前，卻視而不見，踏上遠路走向更加晦暗的終點

返回學園後，封平瀾立即聯絡殷肅霜，通報任務結果。

過沒多久，他的戶頭裡就多了六位數的進帳。效率之高，令人驚嘆。

把債務還清之後還有不少錢，日常生活無虞。

經濟危機解除。

「別高興得太早。」百嘹笑著開口，「照之前的花法，這點錢沒多久就會用完。」

「無所謂。」璁瓏躺在沙發上，一邊啜著桶裝牛奶，一邊看著腿上的筆電，悠閒地餵魚，「再賺就有了。」

「不曉得什麼時候還能去殯儀館。」封平瀾想到那守在地下室裡、瘋瘋癲癲的蜃煬。感覺他很喜歡宗蜮。下次帶小蜮兒一起過去吧。

入夜。遠離市區的荒郊。

黑色的矮扁建築，一片昏暗，只有綴著小燈泡的招牌，在黑暗中閃閃發亮，發出鬼火光的森冷光彩。

晚風拂過，一道雪白的人影閃過。

門扉開啟。

雪白的身影來到屋裡的鏡前，他看著鏡子，可以感覺鏡子後方附加了複雜而強力的咒語。

嚴密的咒令，讓來者忍不住遲疑，這地下室究竟藏了什麼祕密，需要用這麼強大的咒語來守護？

冬犽張開了最強大的防護，接著，戰戰兢兢地伸手，觸碰鏡面。

鏡面泛起一陣漣漪，銀色的水波自鏡中躍起，覆上了冬犽的手。

這不是攻擊，而是檢核身分。

冬犽不安地看著手。手腕上戴著咒環之處亮起一道金光，銀波在觸碰到金光時，向後退回，鏡面平靜無波。

看來他是通過檢驗了。冬犽看著手腕淺笑。影校的召喚師……真周到吶……

他推開門，穿過重重迂迴的樓梯，到達底層。

蜃煬就像上回一樣坐在老位置上，手撐著頭，百般無聊地玩著拼圖。

當他看見冬犽時，立即漾起燦爛的笑容。

「歡迎歡迎！」蜃煬對著冬犽熱情招手，「我聽說了唷！你們的表現很不錯，第一次出手就逮到不從者！厲害厲害！」語畢用力鼓掌。

「又要來接任務嗎？怎麼今天只有兩個人？」蜃煬偏頭詢問。

兩人？

冬犽回首，身後的影中緩緩冉升一個人影。

「奎薩爾？」冬犽詫異，但立即會心一笑，「看來我們想的都一樣。」

奎薩爾沒有多言。

「所以，想要聽聽看有什麼任務可接？」蜃煬勾起狐狸般的笑容，「還是說，想要知道什麼情報呢？」

奎薩爾冷聲表達來意，「我想知道一個滅魔師的下落。」

「慢著慢著，一步一步來，我先問。」蜃煬撐著頭，笑嘻嘻地開口，「你怎麼確定我會給你情報？我可是協會的人吶？」

「你不是協會的人，你是他們的囚犯。」奎薩爾輕聲點破，「外頭的禁咒就是為了將你禁閉在此。」

囚犯不可能全然順從於囚禁者，一有機會便會背叛反抗。

蜃煬被關在這裡，處處受制。出賣協會相關的情報，是他少數能辦到的抗爭方式。

「太聰明了！我喜歡聰明的人！」蜃煬用力拍手鼓譟，接著整個人趴在桌上，懶洋洋地望著奎薩爾。「只要這樣就好了嗎？」

奎薩爾沒回答，他不懂蜃煬問句的涵義。

「我今天心情很好，特別大放送。你有一個機會，只要提問，我就會告訴你你最想得到的東西在哪裡。」

「代價？」奎薩爾不是傻子。

「哈哈哈，就知道騙不了你！」蜃煬癱在桌子上，懶懶地翻了個身，面朝上看著奎薩爾，「把你的契約者交給我。」

「這太荒謬了！」冬犽斥責，同時也擔憂地看向奎薩爾，擔心他會同意這交易。

「我看得出來，你不是很喜歡那個人類，你尊崇的主子另有其人。」蜃煬伸出手，輕輕地摸了奎薩爾的腰間一記，「這是個難得的機會唷，因為我今天心情很好……」

奎薩爾很訝異，蜃煬竟然知道他在找尋雪勘皇子，但他並未表現在臉上。

這可以確定，這傢伙確實有門道能得知可靠的情報。

奎薩爾凜然拒絕，「不了……」他承認蜃煬確實有能耐，但對於雪勘皇子的下落，他不認為對方會知道，應該只是虛張聲勢罷了。

只是因為這樣？

他的心底有個聲音，悄悄地詢問。

不是因為，他捨不得交出封平瀾？

也不是因為，他已經認同了封平瀾的存在？

……絕對不是！

「真可惜。」蜃煬嘆口氣，翻回身子，「不過這樣也好，我還想多看一點戲呢，哈哈哈。」他坐正，笑咪咪地重新確認，「你想知道哪位滅魔師的下落呢？噗！我當然知道，我只是明知故問。哈哈哈！」

奎薩爾沒理會對方的嬉鬧，冷聲開口，「和闇字5775有關的滅魔師。你要什麼代價？」

「噢，我想想。」蜃煬異色的眼眸望向冬犽，上下打量了一番，「你是風絨一族的？」

「是。」冬犽很詫異對方知道他族群的正確名字。在人界，召喚師都憑著他們的外型，稱呼他們為雪貂妖魔。

「我要你的頭髮。」蜃煬指向冬犽，笑彎了眼，「放心，我不會讓你光頭見人，我只要那綹馬尾就好。」

風絨一族有著雪貂般的外形，以及雪白的毛髮。他們的毛髮帶有強大的靈力，即使主子已死，靈力仍在。這也是為何當年在幽界，風絨族被曾被皇室獵捕追殺的原因。

奎薩爾看向冬犽，冬犽回以溫柔一笑，「沒問題的。」接著，一手握著馬尾，另一手指尖召出短風刃，將之斬斷。

蜃煬開心地接下那綹雪白的髮絲，樂不可支。他把髮絲憐愛地湊到面前，輕輕地以臉頰蹭弄。

「好軟喔……」蜃煬閉起眼，感受這柔軟的觸感，接著睜開眼，「5775號的滅魔師是男性，年齡大約二十八到三十之間。代號是礫釘。為什麼他十二年前會被派去出任務，因為他剛好離得最近。」他咧嘴一笑，「那裡是他的家鄉。」

「只有這樣？」冬犽開口。「沒有他的照片嗎？」封印他們的滅魔師臉上戴著黑色的護目鏡，遮住了大半張臉，完全看不出長相。

「滅魔師的消息極機密，透露這些已經夠多了。」蜃煬望向冬犽，「那我反問你，對於滅魔師，你有什麼了解？」

「還有呢？」

「他們有封印妖魔的強大能力，隸屬於闇行司，他的印記是個手掌形的圖案。」

冬犽與奎薩爾不語。

「就只有這樣？」蜃煬大笑，「哇！那你們還真是徹底的門外漢吶！」

他狂笑了好一陣，最後停止。

「你們真的很幸運，我的心情很好，特別大放送。」蜃煬撐著頭，舉起一隻指頭，「提示一下，你們被封印時，有看過他的契妖嗎？」

奎薩爾和冬犽互看了一眼。

沒有。戰鬥時，以及被封印時，從頭到尾都只有滅魔師一人。

「對吧？」蜃煬豎著的指頭旋了幾圈，「告訴你們，滅魔師不和妖魔締約，他們總是獨來獨往。還不快謝恩！」

奎薩爾將這些情報謹記在心。

同時，他心裡浮現了一個人。

清原謙行……

「還有什麼要問的嗎？」蜃煬開口，「還是，你們願意留下來陪我玩玩呢？」

「不了。」奎薩爾旋身，「我們會再見面的。」

「那記得帶禮物來唷！」蜃煬對著兩人揮手，目送那一明一暗的身影離開。

「今天客人真的很多呢，真熱鬧。」蜃煬對著空無一人的房間喃喃低語，「要是你們早幾個小時來就有趣了，哈哈……不過，那樣就太快結束。我想再看久一點……」

數小時前，約莫傍晚時刻。

一個身穿黑色勁裝、戴著黑色護目鏡的人影悄然出現。

蜃煬看見對方，漾起看見舊識一般的笑容。

「今天帶了什麼禮物給我？」

對方提起一個提袋，放到桌上。握著提袋的手腕上，繫著綴有金色手紋的墜飾。

蜃煬像是打開禮物一般，興高采烈地拉開皮袋。

「是噬相族的頭顱耶！」他開心地捧起那有著藍黑色肌膚的頭顱，然後掰開對方的嘴，「舌頭怎麼不見了？」

「在袋子裡頭。」覆面男子指了指提袋，笑語，「這是京都帶回來的特產。」

「你怎麼弄來的？」

「經過京都分部的維安隊中心時，順道晃了一下。」男子笑了笑，「反正都是要被處理掉的東西，壞了也沒人追究。」

「謝啦！」蜃煬開心地把玩著手中的頭顱。

「滿意了？」

「嗯！」

「換你滿足我了，」男子輕語，「讓我看我想看的東西……」

「行。」蜃煬開玩笑地開口，「別弄痛我了呀！」

接著起身，牽起男子的手，將對方帶往深處的房間。

奎薩爾和冬犽離開殯儀館時，停棲在遠方樹叢間的烏鴉振翅飛離。

烏鴉的身影融入夜色中，但一黑一紅的異色雙眼，在夜裡分外明顯。

穿越鄉鎮，返回都市，最後來到了校園。

靜謐的校園，在立著白色十字架的大樓最高處，亮著燈。窗戶是開著的。

黑色的鳥飛入之後，停在地面，隨即幻化成人形。

瘦長的身影穿著白襯衫與黑長褲，光滑的頭顱沒有半根毛髮。他伸手，將放在胸口口袋裡的墨鏡取出，戴上。

是宿舍管理員。

「情況如何？」房裡的人輕聲詢問。

「契妖和蜃煬私下互動了。冬犽的馬尾沒了，看來是交換了情報。」管理員報告完，遲疑了片刻，開口，「這樣做……沒問題嗎？」

「這是我領受到的，我詢問，我求告，得到的啟示是要這麼做。」坐在辦公桌前的棕髮男子肯定地回應，綠色的雙眸展現了著冷靜而堅定的意志。

「那……接下來會怎麼樣？」

「我不知道。」男子看著面前的拉丁文聖經，低語，「只有至上神知道。」

一陣風吹過，薄薄的書頁被吹起，向後快速翻落。

風止時，男子看向頁面。

——我們成了一臺戲，給世界、天使和眾人觀看。

哥林多前書4:9

他戰戰兢兢地點開手機裡的通訊錄，翻開群組，看著那早已熟記於心的電話號碼。

遲疑了許久，最後按下通話鍵。

嘟……嘟……

電話響了數聲，接通。

「喂？」他緊張而期待地開口。

「……有什麼事嗎？」傳來的是淡漠的回應。

「噢，沒有，就是——」

「錢不夠了？」

「不，很夠。我——」

「你又闖禍了？」

「沒有！」

「所以，你打來是為了什麼？」

「很久沒聯絡了，所以想關心一下你們的狀況。爸媽還好嗎？你呢？工作還是那麼忙嗎？」

「一切安好。」

「我也過得很好喔！我在學校認識了很多朋友，而且——」

「還有事嗎？我正在忙。」

「……那，你什麼時候會回國？我正在打工存錢，存夠了錢我可以去找你們嗎？」

「……再說吧。」

喀。

通話終止。

——《妖怪公館的新房客04》完

世代
D138
1
「殿下，請用餐。」
以審判為名，魔物的掠食盛宴即將展開——
晉江文學城話題之作，積分突破4000萬！！
知名作者 YY的劣跡 × 當紅人氣繪師 水々
聯手打造華麗奇幻物語
滅世審判
第一審 嫉妒
在絕大多數人畢業即失業的年頭，
俊美的魔物管家找上了王晨，為他提供一份好工作——魔王候選。
有些先天缺心眼的他，就這樣變成了人類公敵。
七位魔王候選人，將共同裁決人類墮落的靈魂，
而捕食，即為審判。
嫉妒、懶惰、貪婪、傲慢……
每一次審判之後，人類是步步逼近滅亡，還是僥倖逃出深淵？
死亡不是罪惡，生存也並非賞賜，
請看滅世前最後的審判——
2015年4月 審判開始
三日月書版
YY的劣跡 著 水々 繪

輕世代
FW139

末裔之書

橙子雨　著
沉堇　繪

一本山海經和一張老舊照片，帶出一個神祕探險團的存在……
為了尋找失蹤的弟弟和好友，求助無門的王儲只能假意加入，企圖從中發掘線索。
未料，旅程開始得並不順遂——
團員們的戰力組成異常虛弱，聒噪顯眼的異國美男、嬌弱羞赧的少女及古董店阿伯；
（老黑怒罵：什麼阿伯！我是美中年好嗎！）
再是被無名盜墓團擄走，扔進危機四伏的墓穴中，和百年人偏共處一室。
戰力值 -1 的王儲才發現，這可不是遊戲，說登出就能登出……

【卷一】

三日月書版

高寶書版集團
gobooks.com.tw

輕世代 FW145

妖怪公館的新房客04

作　　者　藍旗左衽
繪　　者　謖
編　　輯　謝夢慈
校　　對　林思妤
美術編輯　林家維
排　　版　彭立瑋
企　　畫　林佩蓉

發 行 人　朱凱蕾
出　　版　英屬維京群島商高寶國際有限公司臺灣分公司
　　　　　Global Group Holdings, Ltd.
地　　址　臺北市內湖區洲子街88號3樓
網　　址　www.gobooks.com.tw
電　　話　(02) 27992788
電　　郵　readers@gobooks.com.tw（讀者服務部）
　　　　　pr@gobooks.com.tw（公關諮詢部）
傳　　真　出版部　(02) 27990909　行銷部 (02) 27993088
郵政劃撥　19394552
戶　　名　英屬維京群島商高寶國際有限公司臺灣分公司
發　　行　希代多媒體書版股份有限公司/Printed in Taiwan
初版日期　2015年6月
九刷日期　2017年8月

國家圖書館出版品預行編目(CIP)資料

妖怪公館的新房客 / 藍旗左衽著.-- 初版. -- 臺北市：高寶國際, 2015.06-
冊；　公分. --

ISBN 978-986-361-163-9(第4冊；平裝)

857.7　　103019675

三日月書版

三日月書版

GOBOOKS
& SITAK
GROUP©